羊舍一夕

汪曾祺手稿两种

（影印本）

《羊舍一夕》《寂寞和温暖》

汪曾祺◎著
黄永玉◎插图
李建新◎汇校

金城出版社
GOLD WALL PRESS
·北京·

图书在版编目（CIP）数据

羊舍一夕：汪曾祺手稿两种 / 汪曾祺著. -- 北京：金城出版社有限公司，2025.3

ISBN 978-7-5155-2568-6

Ⅰ.①羊… Ⅱ.①汪… Ⅲ.①短篇小说－小说集－中国－当代 Ⅳ.①I247.7

中国国家版本馆 CIP 数据核字（2024）第 013201 号

羊舍一夕：汪曾祺手稿两种

YANGSHEYIXI: WANGZENGQI SHOUGAO LIANGZHONG

作　　者　汪曾祺
责任编辑　杨　超
责任校对　张超峰
责任印制　李仕杰
开　　本　787 毫米 ×1092 毫米　1/16
印　　张　17.5
字　　数　100 千字
版　　次　2025 年 3 月第 1 版
印　　次　2025 年 3 月第 1 次印刷
印　　刷　文畅阁印刷有限公司
书　　号　ISBN 978-7-5155-2568-6
定　　价　108.00 元

出版发行　**金城出版社有限公司**　北京市朝阳区利泽东二路 3 号　邮政编码：100102
发 行 部　（010）84254364
编 辑 部　（010）64210080
总 编 室　（010）64228516
网　　址　http://www.jccb.com.cn
电子邮箱　jinchengchuban@163.com
法律顾问　北京植德律师事务所　（电话）17600603461

《人民文学》1962 年第 11 期封面

羊舍一夕

——又名：四个孩子和一个夜晚

汪曾祺

一、夜 晚

火車过来了。

"216，往北京的上行車，"老九說。

于是他們放下手里的工作，一起听火車。老九和小吕都好像看見：先是一个雪亮的大灯，亮得叫人眼睛发脹。大灯好像在拚命地往外冒光，而且冒着汽，嗤嗤地响。烏黑的鉄，錚黃的銅。然后是綠色的車身，排山倒海地冲过来。車窗蜜黃色的灯光連续地映在果园东边的树墙子上，一方块，一方块，川流不息地追赶着……每回看到灯光那样猛烈地从树墙子上刮过去，你总覺得会刮下满地枝叶来似的。可是火車一过，还是那样：树墙子显得格外的安詳，格外的綠。眞怪。

这些，老九和小吕都太熟悉了。夏天，他們睡得晚，老是到路口去看火車。可現在是冬天了。那么，現在是什么样子呢？小吕想象，灯光一定会从树墙子的枝叶空隙处漏进来，落到果园的地面上来吧。可能！他想象着那灯光映在大梨树地間作的葱地里，照着一地的大葱蓬松的，干的，发白的叶子……

車輪的声音逐漸模糊成为一片，像刮过一陣大風一样，过去了。

"十点四十七，"老九說。老九在附近山头上放了好几年羊了，他知道每一趟火車的时刻。

留孩說："貴甲哥怎么还不回来？"

老九說："他又排戏去了，一定回来得晚。"

小吕說："这是什么奶哥！奶弟来了也不陪着，昨天是找羊，今天又去排戏！"

留孩說："沒关系，以后我們就常在一起了。"

老九說："咱們燒山药吃，一边說話，一边等他。小吕，不是还有一包高山頂❶嗎？坐上！外屋缸里还有沒有水？"

"有！"

于是三个人一起动手：小吕拿沙鍋舀了多半鍋水，抓起一把高山頂来撮在里面。这是老九放羊时摘来的。老九从麻袋里掏山药——他們在山坡上自己种的。留孩把炉子通了通，又加了点煤。

屋里一順排了五张木床，联成一个大炕。一张是张士林的，他到狼山給場里去买果树苗子去了。隔壁还有一間小屋，鍋灶俱全，是老羊倌住的。老羊倌請了假，看他的孙子去了。今天这里只剩下四个孩子：他們三个，和那个正在排戏的。

---

❶ 一种野生植物，可以当茶叶喝。

《羊舍一夕》首发于《人民文学》1962年第6期

目录

《羊舍的夜晚》少年儿童出版社 1963 年版封面

序

也是旱香瓜

汪朗

汪曾祺生前身后出版的几百种作品集中，这本小书算是比较独特的。书中只收录了老头儿两篇作品的手稿和三篇小说的汇校本。手稿一篇是1961年11月25日写成的《羊舍一夕》，另一篇是1980年1月24日改完的《寂寞和温暖》第三稿。没啥看头。也还有点看头。

没啥看头，是说内容太单薄。随便翻翻，个把钟头也就翻到头了。再想看点别的，没了。有点看头，是说除了读文章，还能从手稿中悟出点道道，值得花点功夫。

老头儿作品的手稿，留存不多，毛笔写的手稿，更是少之又少。而《羊舍一夕》，就是这少之又少中的一篇，甚至可能是唯一的一篇。此次《羊舍一夕》手稿能够出版，要感谢陈晓维先生从拍卖会上拍得此物，并愿意公之于世。

这篇小说是汪曾祺在张家口沙岭子写成的。这是1949年之后他写的第一篇小说，也算是标志性作品。当年汪曾祺去沙岭子，可不是什么体验生活，是正儿八经的劳动改造，必须定时定点完成各种农活，还要时不时提交思想改造汇报，里里外外累得很。像扛麻袋、刨冻粪之类的脏活累活，他都干过。这样的环境中，这个汪曾祺居然还要写小说，还要用毛笔。真是不可救药。

爸爸 1958 年下放劳动时，我刚上小学。我还记得，他在来信常说的一件事就是要东西，要稿纸，要毛笔。毛笔还指定要一种鸡狼毫，说是适合写小字。当时市场供应紧张，鸡狼毫只有大文具店才偶尔有售。于是逢到星期天，妈妈便都会带着我们几个跑到西单把角的文华文具店转转，遇到鸡狼毫，赶紧买几支，上邮局寄走。当时我们住在宣武门附近，去趟西单，走路十几分钟就到了，不算事。由此观之，汪曾祺能用毛笔写成《羊舍一夕》，本人也“与有荣焉”。虽然只是买过几次鸡狼毫。

《羊舍一夕》写成的时间，正是“三年困难”时期，汪曾祺的身份又是摘帽右派，刚刚结束劳动改造。然而小说却充盈着乐观向上的气氛，看不到悲观颓丧的情绪。这是他当时心态的真实写照吗？应该是。从手稿中能够看出，他写作时十分放松，用笔很少犹豫，大段涂抹反复修改的地方也不多。这说明他在动笔时，对小说的基调已经有了明确的把握，并不是临时抱佛脚、走到哪儿算哪儿。看一篇文学作品的手稿，比起看铅印书籍，会给人更丰富的感受，因为笔迹中蕴含了更多的作者信息。

老头儿写过一篇散文《随遇而安》，详细回忆了当年下放劳动的生活。口气也挺平和。他居然说当过一回右派是三生有幸，不然他的生活就更平淡了。有兴趣的读者不妨和《羊舍一夕》对照看看。这些作品折射出他的文学创作主张，即“美化生活”。用他的原话，就是“人间送小温”。美化生活不是倒转乾坤，指鹿为马，不是满嘴跑火车，而是在不尽如人意的生活状态中发掘美好的东西，将其呈现在世人面前。同时轻轻说一声：“活着多好啊。”老头儿作品至今有不少人喜欢，与他的“人间送小温”有很大关系。

这本书收录的《寂寞和温暖》第三稿手稿，应该算是“买一送一”，白饶的。当时商量出版《羊舍一夕》的手稿，征求我们的意见。这是人家拍下的物件，我们当然不能有什么意见。只是觉得单出一篇《羊舍一夕》有点单薄，正好手头有一篇《寂寞和温暖》的手稿，便拿了出来，增加点分量。说来也巧，这篇小说也是写老头儿在张家口那段生活的，尽管文章中主角改了名字，换了性别，但不少事情都是他经历的。两篇文章放在一起，也算是相得益彰了。

尽管是买一送一，这篇手稿也还有些值得说说的地方。《寂寞和温暖》第三稿，从来没有发表过。现在读者能够看到的《寂寞和温暖》，已经是第六稿了。一篇小说写了六遍，这在汪曾祺几十年创作生涯中是仅有的一次。若是将这篇手稿和最终发表的成品放在一起翻翻，多少能看出汪曾祺家庭地位之低下与文学主张之固执。

这篇小说是家里人建议老头儿写的。当时反右题材十分热门，有过这一际遇的作家，不少人将自己的经历敷衍成篇，见诸刊物，甚得好评。于是我们撺掇老头儿也写上一篇，套用时下的流行用语，就是“蹭蹭热点”。他倒是没有拒绝。可是小说写好后大家一看，完全不是那个调调。人家打成右派后都是天崩地陷死去活来，他倒好，基本是波澜不惊，最多增添了几分寂寞，还有不少好心人给予关照。这哪行？必须改。一遍不行再来一遍。就这样，老头儿皱着眉头把这篇小说重写了六遍，结果还是那个温情脉脉的调子，始终不会“卖惨”，或是不屑。就连题目也从《寂寞》变成了《寂寞和温暖》。改来改去，最后弄得大家都很疲倦，只好由他去，温暖就温暖吧。

《寂寞和温暖》的六稿，都是从头到尾重新写过的，因此中间的几篇手稿才能留下来。我以前觉得这些改稿的基调没有变，文字改动好像也不多。但是负责整理、汇校文本的李建新先生却说并非如此。他原来想将第三稿和发表的第六稿中的文字差异做些校注，结果发现改动甚多，弄不来。看来汪曾祺尽管在文学主张上十分固执，绝不趋时，但是对于文字的表达，还是力求精准，不吝修正的。若有人愿意将这部手稿与最后的刊发稿做一番比较，也许能看出老头儿写作时遣词用句的深层考虑。顺便说一句，建新对老头儿文章的不同版本多有研究，还发现过不少疏漏错讹，堪称专家。由他负责这本书的汇校事宜，让人放心。

这本书还有一点值得一提，就是经黄永玉先生同意，将他当年为汪曾祺出版的一本少儿读物《羊舍的夜晚》所做的木刻插图收入书中。这在老头儿作品集中也是不多见的。这些年好像只有《羊舍的夜晚》羊皮书出版时，曾将黄先生的这些木刻作品照原样收入其中。那本羊皮书书是纯粹的收藏品，价格不菲，一般人很难见到。

《羊舍的夜晚》的书名原本就是《羊舍一夕》，收入了汪曾祺所写的与张家口有关的三篇文章。编辑觉得“一夕”一词小孩子可能不太懂，才改成了现在的名字。其中的插图是老头儿建议找黄永玉刻的。前些年到黄叔叔家闲聊，他还回忆说，老头儿在张家口下放劳动时还写信要他买毛笔和颜料，他都照办了。这个汪曾祺倒是不见外，要知道黄永玉当年日子过得也是紧紧巴巴的，经常要在晚上刻木刻挣点外快度日。一幅木刻的稿费只有五元钱。这是他亲口说的。

黄叔叔如今也不在了。他的木刻和汪曾祺的手稿眼下出现在同一本书中，也算是两人几十年情谊的一个见证吧。

老头儿在《豆腐》一文引用过一句歇后语：旱香瓜——另一个味儿，以此形容松花蛋拌豆腐的独特风格。这句话用来描述这本书的特色，也挺合适。时下，不少人阅读老头儿作品到了相当高的段位，那种大路货的选本和鸡汤式的书名已经提不起他们的兴趣，他们希望看到不一样的“硬货”，品尝更丰富的滋味。对于这类读者来说，翻翻这本手稿集会是不错的选择。除了阅读文章内容，还可了解一下汪曾祺盛年时的书法，揣摩揣摩该人运笔行文时的心态，顺便做些文本对比，写作背景研究，感受可能会更加多样，更堪回味。

不知读者是否认可。

草舍一夕
（又名：四个孩子和一个夜晚）

一、夜晚

火车过来了。

“216！往北京去的上行车。”老九说。

于是他们都放下手里的工作，一起听火车。老九和小吕都好~~象~~[像]看见：先是一个雪亮的大灯，亮~~大~~[得]叫人眼睛发胀。大灯好~~象~~[像]在拼命地往外冒光，而且冒着汽，嗤嗤地响。乌黑的铁，~~铮~~[锃]黄的铜。然后是绿色的车身，排山倒海地冲过来。车窗的蜜黄色的灯光连续地映在果园东边的树墙子上，一方块，一方块，一方块……车轮的曲轴发疯地掣动，树墙子上的方块川流不息地追赶着，突鹿鹿鹿！突鹿鹿鹿！突鹿鹿鹿！每回看到灯光那样猛烈地从树墙子上刮过去，你总觉得会刮下满地枝叶来似的。可是火车一过，还是那样：树

共十七页，约六万三千字

人民文学196?年3月号
文用5号字 二栏排
每行18字（总第2篇）

羊舍一夕

又名：四个孩子和一个夜晚

汪曾祺

一 夜晚

火车过来了。

"216，往北京去的，上行车。"老九说。（原作："上行。"老九说。）

于是他们放下手里的工作，一起听火车。老九和小吕都好像看见：一个雪亮的大灯，亮得叫人眼睛发胀。大灯好像在拼命地往外冒光，而且冒着汽，嗤嗤地响。乌黑的铁，铮黄的铜。然后是绿色的车厢，排山倒海地冲过来。车窗蜜黄色的灯光连续地映在果园东边的树墙子上，一方块，一方块，一方块，……方块……车轮[illegible]地摇动，树墙子上的方块川流不息地追赶着，——宾康康、宾康康……宾康康康……每回看到车头雪亮的灯光那样猛烈地从树墙子上刷过去，你总觉得会刷下满地枝叶来似的。可是火车一过，还是那样，树墙子显得格外的安详，格外的绿。真怪。

这些，老九和小吕都太熟悉了。夏天，他们睡得晚，老是到路口去看火车。留孩的印象就不~~象~~[像]他们那样清晰。他觉得火车上有许多人，而且总是在踮起脚来往行李架上搁东西。他只看过几次火车，而且总是在车站上。

火车扬长声音叫了两声：过了扬旗了，老九知道，现在，哐啷一声，刚才落下的扬旗回到了回来的地位：三个橘黄色的圆灯。车轮的声音逐渐模糊成为一片，~~象~~[像]~~括~~[刮]过一阵大风一样，过去了。马上就要进站了。

"十点四十七。"老九说。

老九在附近山头上放了好几年羊了，他知道每一趟火车的车次，也知道每一趟火车的时刻。

小吕忽然想起：不对！那是夏天。现在是冬天了。树墙子都快落光了叶子了。那么，现在是什么样子呢？他想象灯光一定会从树墙子的枝叶空隙处漏进来，落到果园的地面上来吧。可能！他想象着火车的灯光映在大梨树地间作的葱地里，照着一地的大葱的蓬松的、干的、发白的叶子……听了老九的话，他接了一句：

浩子显得格外细腻，格外安静。真怪呢，他忘了：老九和小石都太熟悉了。夏天，他们睡得晚，老去到路上看火车。问路的那些都不看他们那样清晰。他觉得火车上有许多人穿日蓝色工服的脚夫往行李架上摘东西了（他只看过几次火车，而且总是在半夜上）。火车扬长声音叫了两声，这了扬旗了，老九知道，现在，唯啸一声，刚才落下的扬旗回到了回来的位置：三个橘黄色的圆灯，慶慶慶，慶慶慶慶慶……，慶慶慶慶慶慶……车轮的声音逐渐模糊成一片，只回去了。马上就要进站了，十五四十七！老九说。他知道每一站火车。老九在附近山头上放了好几年羊了，

小石忽然想起：不对，那是夏天，现在是冬天了。树枝子都快落光了叶子了，那么，现在是什么样子呢？他想象灯光一定会从树梢子的枝叶空隙处漏进来，落到果园的地上来吧。可能！他想象着火车的灯光映在大梨树上的[illegible]地里的……照着，地的大葱的[illegible]的，新的葉子……听了老九的话，他接了一句：

“十点四十七。改了冬季行车时刻了。”

留孩也凝神听了一下，好~~象~~[像]什么地方有一个大钟，在报告现在正是十点四十七分一样。他说：

“贵甲哥怎么还不回来？”

老九说：“快了。”

“你贵甲哥啊，这会正在——”

“‘禀家爷，三姑娘到’——扑通！”

小吕的话和他的表演引得老九哈哈大笑起来，留孩听着，也快活地笑了。

这有个故事。丁贵甲这半年不知道为什么那么爱演戏。他嗓子又不好，唱起来又不搭调，可是每次业余剧团排戏他都去。他的角色真不好派。导演每次都考虑很久，结果总还是让他演一个家院。这一点不影响他的积极性。还是，每次排演他一定到，而且有始有终，最先到，最后走。国庆节排“拜寿算粮”，他还是家院。他老早就挂上髯口等着了。可是大衣箱里没有他的靴子了。——靴子都叫别的角色穿了，他就穿他那双翻毛皮靴——就~~在~~[是]现在在床底下放着的这一双——

一千九一四年七月间了，行事时刻了。

节孩也起神听了一下。对于火车的印象不如他们那样清晰。听老九报家什麽也有一

個人钟头跟着说至五点十五一四十七分一样。

（笑）说：

「黄甲哥怎麽还不回来？」

老九说：「快了。」

「你黄甲哥呀，这会正在——

「奠家爷，三姑姑到——」摸通！」

别多小孩们说和他们表演引得圆孩们老九哈哈大笑。起来，一个个小孩听着，也快活地笑了。

这有个故事。丁黄甲这个年不知道为什么那麽爱演戏。他嗓子又不好，唱起来又不搭调，可是每次排戏他都去。他的角色真不好派。导演每次都考虑很久，结果总还是给他演一个家院。这一点不影响他的积极性。还是每次排演他一定到，而且有始有终，最先到，最后走。

国庆节排戏，他还是家院。他老早就挂上胡须等着了。可是大衣箱里没有他的靴子了。——靴子都叫别的角色穿了，他就穿他那双翻毛皮靴——就是枕头底下，床底下放着的这一双——

上去了。他那双皮靴前边开了口，台板上也不知是有一道撬缝是怎么的，他脚下一绊，收不住脚，嘴里正念着“禀家爷，三姑娘到！”一~~交~~[跤]摔到王丞相的怀里，把老相爷的胡子也撞掉了！

老九说：“他今天一定回来得更晚。”

小吕说：“这是什么奶哥！奶弟来了也不陪着，昨天是找羊，今天又去排戏！”

留孩说：“没关系，以后我们就常在一起了。”

老九说：“他三天了，没捞上排戏，~~彆~~[憋]得不行哪！——咱们烧山药吃，一边烧山药，一边说话，一边等他。小吕，咱们不是还有一包高山顶[①]吗？坐上！外屋缸里还有没有水？”

“有！”

于是三个人一起动手：小吕拿沙锅舀了多半锅水，抓起一把高山顶来撮在里面。这是老九放羊时摘来的。老九从麻袋里掏山药，——他们在山坡上自己种的。留孩把炉子通了通，又加了点煤。

屋里一顺排了五张木床，联成一个大

①一种野生植物，可以当茶叶喝。

人民文学

上去了。他那双皮靴前边开了口，台板上也不知道有一道缝，他脚下一绊，收不住脚，嘴里正念着"京家爷，姑娘到！"一交直摔到了李相的怀里，把老李相的胡子也摔掉了！

老九说："他又排戏去了。今天一定回来得晚。"

小吕说："昨天是我，今天又是什么事？奶奶来了也不陪着，老去排戏！"

留孩说："没关系，以后我们就常在一起了。"

老九说："他三天了，没挡上排戏，憋得不行啦！咱们烧山药吃，一边烧山药，一边说话，一边等他。小吕，咱们不是还有一包高山顶吗？㊀坐上！朴底杠素还有没有水？"

"有！"

于是三个人一起动手：小吕拿沙锅舀了多半锅水，抓起一把高山顶来撮在里面（这是老九放羊时摘来的）；老九从麻袋里掏山药；留孩把炉子通了通，又加了点煤。——他们在山坡上自己种的。

加六字钱

屋里一顺排了五张木床，联成一个大

㊀一种野生植物，可以当茶叶喝。

六：注同中码

四

23

炕。一张是张士林的，一张是丁贵甲的。

张士林出差到狼山给场里去买果树苗子去了，丁贵甲正在排戏。隔壁还有一间小屋，锅灶俱全，是老羊倌住的。老羊倌请了假，去看他的孙子去了。现在这里剩下的，净是三个孩子：老九、小吕、留孩。

屋里有一盏自造的煤油灯——老九用一个墨水瓶子改造的，一个炉子。外边还有一间空屋，是个农具仓库，放着硫铵、石灰、DDT、铁桶、木叉、喷雾器……外屋门插着。门外，右边是羊圈，里边卧着四百只羊；前边是果园，什么都没有了，只剩下一点葱，还有一堆没有窖好的蔓菁。现在什么也看不见，外边是无边的昏黑。方圆左近，就只有这个半山坡上有一点点亮光。夜，正在深浓起来。

二、小吕

小吕是果园的小工。这孩子长得清清秀秀的。他在本堡里念小学。念到六年级还念了一学期，忽然跟他爹说，他不念了。他爹问为什么不念，他说："不想念了。"再问问，他

黄永玉　绘

炕。一张是张士林的，一张是丁贵甲的。张士林去给葡萄园里买果树苗子去了。丁贵甲正在排练。隔壁还有一间小房，锅灶俱全，是老羊倌住的。老羊倌请了假，回家看他的孙子去了。现在这里剩下只有三个孩子：老九、小吕、留孩。

屋里有一盏自造的煤油灯——老九用墨水瓶子改造的。一个炉子。外边还有一间屋，是个农具仓库，堆着犁、耙、锄、镐、铁锹、木叉、喷雾器……这外屋内挂着。右边是葡萄园，东边隔着四五道羊圈，前边是果园。什么都没有了，只剩下一点菜，还有一堆没有窖好的蔓菁。现在什么也看不见，外边黑洞洞，只远远的城上有一点点亮光。夜，正在浓浓起来。

二　小吕

小吕是果园的小工。这孩子长得清清秀秀的。他不仅想念小学，念到六年级还念了一学期，忽然跑回跟他爹说不念了。他爹问他为什么不念，他说不想念了。

说他想到农场里做活去。他爹想：农场里能学到技术，也还能学文化，就同意了。后来才知道，他还有个心思。他有个哥哥，在念高中了，还有个妹妹，也在上学。他爹在一个医院里当炊事员。他见他爹张罗着给他们交费，买书，买笔，有时要去跟工会去借钱，他就决定了：我去~~作~~[做]活，这样就是两个人养活五个人，我哥能够念多高就让他念多高。

这样，他就到农场里来做活了。他用一个牙刷把子，截断了，一头磨平，去刻了一个小手章：吕志国。每到月底，领了工资，除了伙食、零用（买个学习本，一把钢箭小刀，配两节电池……），全部交给他爹。有一次，不知怎么弄的（其实是因为他从场里给家里买了不少东西：菜，果子），拿回去的只有一块五毛钱。他爹接过来，笑笑说：

“这就是两个人养活五个人吗？”

吕志国的脸红了。他知道他偶然跟同志们说过的话传到他爹那里去了。他爹并不是责怪他，这句嘲笑的话里含着疼爱。他爹想：这孩子！困难是有一点的，哪里就过不去呢？这孩子！究竟走怎么一条路好呢：继续上学，还是让他在这个农场里长大起来？

到农场里做活去。他常想：农场里能学到技术，也能学文化，就同意了。后来他知道，他还有个心思。他有個哥哥，在念高中，还有個妹妹，也上学。他常在一個医院里当炊事员。他見他常给写着给他的交费，买书，有时要去跟工会借钱，他就决定了：我去作活，这样就是两个人养活五个人，我哥能够念了高就让他念到高。

这样，他就到农场里来做活了。他的目的用一年把……一個小章：吕志国。领了工资，除了伙食，买个学习本，……交给他常。有一次，不知怎么弄的（其实是因为他从场里给家里买了不少东西：笔，罩子），拿回去的只有一块五毛钱。他常接过来，笑笑说：

「这就是两个人养活五个人吗？」

吕志国的脸红了。他知道他跟同志们说过的话传到他常那里去了。

小吕在农场里已经长了一年，他又大了一岁了。他在菜园干了半年，后来调到果园，也都半年了。

在菜园里，他干得不坏，菜园组长说他学得很快，就是有点贪玩。调他来果园时，征求过他本人的意见，他象[像]一个成年的大工一样，很爽快地说："行！在哪里干活还不是一样。"乍一到果园时，他什么都不摸头，不大插得上手，他又有点别扭，跟人说："才在菜园做熟了，什么都拿得起来了，又调来了这里！"没多久，他就发现，果园原来是个对他说起来更合适的地方。果园里有许多活，大工来做有点窝工，一般女工又做不了，正需要一个伶俐一点的小工。所以果园组长提出把小吕调过来，也正是因为这个。

[illegible]

他等并不是责怪他，这句嘲笑的话里含着疼爱。他等

[illegible]

想：……困难是有一点的，哪里就过不去呢？

[illegible]

[illegible]

……究竟是怎么样……好好地往上学

还是在这个农场里长大起来了。

小吕在农场里已经长大……

在菜园干了半年，后来调到果园。之

都半年了。

在菜园里，他干得不坏，组长说他学得很

快，就是有点贪玩。调他来果园时，征求过他

本人的意见，他当一个大工一样，很

兴奋地说：行！在哪里干活还不是一样。

可是一到果园时，不大插得上手，有点别扭。

[illegible]

……没多久，他就发现，果

园……他说这是……的地方。果园里

有许多活，大工来做有点窝工，一般女工又做

不了，正需要一个这样的小工。果园组长

[illegible]

登上高凳，~~扒~~[爬]上树顶，绑老架的葡萄条，果树摘心，套纸袋，捉金龟子，用一个小铁丝钩疏虫果，接了长长的竿子喷射天蓝色的波尔多液……在明丽的阳光和葱茏的绿叶当中做这些事，既是严肃的工作，又是轻松的游戏，又“起了作用”，又很好玩，实在叫人觉得很快乐。一点不觉得“天长”，一天不知不觉就过去了。这样的活，对于一个十四岁的孩子，不论在身体上、情绪上，都非常相投。

没有多久，他就对果园的角角落落就都非常熟悉了。他知道所有的果木的品种的名字：金冠、黄奎、元帅、国光、红玉、祝，烟台梨、明月、二十世纪，蜜肠、日面红、秋梨、鸭梨、木头梨，白香蕉、柔丁香、老虎眼、大粒白、秋紫、金铃、玫瑰香、沙巴尔、黑汗、巴勒斯坦、白拿破仑……而且准确地知道每一棵果树的位置。有时组长给一个调来不久的工人布置一件工作，一下子不容易说清那地方，小吕在旁边，就说：“去！小吕，你带他去，告给他！”小吕有一件大红的球衣，干活时他喜

（四）

爬上高凳，扒上树顶，绑老架的葡萄条，果树摘心，用一个小铁钩钩虫果，接了长长的竿子喷射天蓝色的波尔多液……在明丽的阳光和浓绿的叶丛中做这些事，既是严肃的工作，又是轻松的游戏，既起了作用，又显得很好玩，实在叫人觉得非常快乐。这样的活，对于一个十四岁的孩子，不论在身体上，情绪上，都非常相投。

小吕很快又就对果园的角角落落都非常熟悉了。他知道哪里有几棵什么品种的名字：金冠、黄奎、元帅、国光、红玉、祝、烟台梨、明月、二十世纪、秋梨、鸭梨、木头梨、白香蕉、柔丁香、老虎眼、大粒白、秋紫、金铃、玫瑰香、沙巴尔、黑汗、巴勒斯坦、白拿破仑……而且准确地知道每一棵果树的位置。

欢把外面的衣裳脱去，于是就经常在果园里看见通红的一团，轻快地、兴冲冲地弹跳出没于高高低低、深深浅浅的丛绿之中。惹得过路的人看了，眼睛里也不由自主地带出笑意，觉得天色也明朗，风吹得也舒服。

小吕这就真算是果园的人了。他一回家就是说他的果园，他娘、他妹妹都知道，果园有了多少年了，有多少棵树，单葡萄就有八十多种，好多都是外国来的。葡萄还给毛主席送去过。有个大干部要路过这里，毛主席跟他说："你要过沙岭子，那里葡萄很好啊！"毛主席都知道的。果园里有些什么人，她们也都清清楚楚的了，大老张、二老张、大老刘、陈素花、恽美兰……还有个张士林！连这些人的家里的情形，他们有什么能耐，她们也都明明白白。他妹妹认得果园的每一个人；果园的人也都认得她。连他爹也都对果园熟悉得不下于他所在的医院了。他爹也知道有个张士林，还特为上农场里来看过他儿子常常叨念的这个年轻人。他对张士林印象也很好。他哥放暑假回来，第二天，他就拉他哥爬到北边的孤山顶娇嫩的面孔和豐腴的于是，就经常在果园里看见通红的一团，轻快地、兴冲冲地弹跳着没于高高低低、深深浅浅的丝绿之中，惹得连她的人看了，眼睛里也不由自主地带着笑意，觉得天色也明朗，风吹得也舒服。

小芒这就真算是果园的人了。她一回家就是说她的果园。她姐、她妹妹都知道果园有了多大年了，有多少棵树，单葡萄就有八十多株，好多都是外国种的。葡萄还没有长熟，有个大干了要跳过去的，毛主席说她说：“你要过几年，那里葡萄很好哦！”毛主席都知道的。果园里有些什么人？她们也都清清楚楚的了，大老张、文老刘，还有个张士林，人家里的情形，她们有什么喜欢，她们也都明明白白。她姐说话，果园的每一个人都好像的人，都认得她姐姐，连她弟弟都对果园熟悉得不行，而且她在院子了，她常常知道有个张士林，还特别喜欢，她现在常常叨念的这个年轻人，她替张士林打。她弟放着假回来，第二天，她就找他去爬到孤山顶上去，指给他哥看：

“你看，你看！我们的果园多好看！一行一行的果树，一架一架的葡萄，整整齐齐，那么大一片，就跟画报上的一样，电影上的一样！”

小吕原来在家里住。夏天六月以后，果子大起来了的时候，每年，都要有几个工人住过来，轮班下夜护秋。组长照例都要开一个会，征求大家的意见。小吕说，他愿意搬来住。一来是夏天到秋天是果园最好的时候。满树满挂的果子日见大了，好~~象~~[像]随时都在膨胀起来似的，都着了色，发出香气，弄得果园的空气都是甜香甜香的，闻着都醉人。不知道为什么，小吕一秋天总是那么兴奋，话也多，说话的声音也大，好~~象~~[像]家里在办喜事似的。二来是，下夜，不睡在床上，睡在窝棚里，铺着稻草，星星，又大又蓝的天，野兔子窜来窜去，鸹鸹悠①叫，还可能有狼！这非常有趣。张士林曾经笑他：“这小子，浪漫主义！”还有，搬过来，他可以和张士林在一起，日夜都在一起。——果园的果子下完了，下夜护秋的都撤回去了，可是他还不回去，还住在这里。

他是很佩服张士林。他曾经特为去照了一张相，送给张士林，在背面写道：“给敬爱的

①鸹鸹悠即猫头鹰。

加六字钱 10

四 10

上去，指给他看看：

「你看，我们的果园多好看！一行一行的果树，一架一架的葡萄，整整齐齐，那么大一片，就跟画报上的一样，跟画上的一样！」

小孩子来到家里住了，[illegible]果子[illegible]。

小时候，每年，都有小[illegible]人，住过来，下夜。

但长工们倒都要开个会，征求大家的意见。小是说，他愿意搬来住。一来是秋天是果园最好的时候。果子月见大了，好像[illegible]似的，都着了色，发出香气，弄得果园的空气都是甜甜香的，闻着都醉人。不知道为什么，小孔一秋天总是那么兴奋，白日话也多，说话声音也大，好象家里有什么喜事似的。二来是，下夜，睡在高棚里，铺着稻草。星星，又大又亮的天，野花子窜来窜去，蝈蝈儿叫，还可能有狼！这非常有趣。张士林曾经笑他，这小子，浪漫主义！他还有，搬过来，他可以和张士林在一起，日夜都在一起。

他总很佩服张士林，他曾经特为去照了相，送给张士林，在背面写道：「给敬爱的士林同志！”他用的字眼是充满真实的意思的。他佩服张士林那么年轻，才十九岁，就对果树懂得那么多。不论是修剪，是嫁接，都拿得起来，而且能讲一套。有一次林业学校的学生来参观，由他领着给他们讲，讲得那些学生一愣一愣的，不停地拿笔记本子记。领来参观的教员后来问张士林：“同志，你在什么学校学习过？”张士林说：“我没学习过。我上过高小。我们家世代都是果农，我是在果树林里长大的。”他佩服张士林说玩就玩，说看书就看书，看那么厚的，比一块城砖还厚的《果树栽培学各论》。佩服张士林能文能武，正跟场里的技术员合作搞试验，培养葡萄抗寒品种，每天拿个讲义夹子记载。佩服张士林能“代表”场里出去办事。采花粉呀，交换苗木呀……每逢张士林从场长办公室拿了介绍信，背上他的挎包，由宿舍走到火车站去，他就在心里非常羡慕。他说张士林是去当“大使”去了。每回小张一回来，他正在果树地里，看见了，总是连蹦带跳地跑到路口去，一面接过小张的挎包，一面说：“嗬！大使回来了！”

他愿意自己也~~象~~[像]一个真正的果园的技工，可士林同志！"他用的字眼是由衷感到的。他佩服张士林，那么年轻，才十九岁，就对果树懂得那么多。不论是修剪，是嫁接，都拿得起来，而且能讲一套。有一次林业学校的学生来参观，由他领着给他们讲，讲的那些学生一样一样的，不停地拿笔记本子记。领队的教员请来问张士林："同志，你在什么学校学习过？"张士林说："我是在果树林里长大的。我上过高小。我们家世代都是果农。"他佩服张士林说玩就玩，说看书就看书，看那么厚的一本比一块城砖还厚的果树栽培学各论。他佩服张士林能文能武，正跟场里的技术员合作搞试验，培养葡萄抗寒品种，每天拿个讲义夹子记载。他佩服张士林能"代表"场里出去办事，采花粉呀，交换苗木呀……。每逢张士林从场长那里拿了介绍信，揣上他的挎包，由宿舍走到大车站去，他就在心里非常羡慕。他说张士林是去当"大使"去了。小张一回来，他看见了，总是连蹦带跳地跑到路口去，一面接过小张的挎包，一面说："嗬！大使回来了！"

他就觉得自己也象一个真正的果园的技工了。

是自己觉得不象[像]。缺少两样东西，一样是树剪子。这里凡是固定分配在果园做活的男工和女工，差不多每人都有一把修树的剪子，装在皮套子里，挎在裤腰带的后面，远看象[像]支百朗灵手枪似的。他多希望也有一把呀，走出走进——赫！可是他没有。他也有使剪子的时候。大的手术他不敢动手，比如为了矫正树形，把一个茶杯口粗细的枝丫截掉，他没有这么大的胆子。象[像]是丁个头什么的，这他可不含糊，拿起剪子叭叭地剪。只是他并不老使剪子，因此没有他固定专用的，要用就到小仓库架子上拿一把"官中"剪子。这不带劲！"官中"的玩意总是那么没味道，而且，当然总是，不那么好使。净"塞牙"，不快，费那么大劲，还剪不断，剪口也不中，看起来倒不象[像]是剪子不好，象[像]是你不会使剪子似的！气人。

组长大老张老是看见小吕剪两下看看他那剪子，剪两下看看他那剪子的样子，心里发笑。有一天，从他的锁着的柜子里拿出一把全新的苏式树剪，叫："小吕！过来！这把剪子是自己觉得不象。他就少两样东西：一样是树剪子。[illegible]园艺剪[illegible]那主果园里[illegible]每人都有一把修树的剪子，就在屁股后面，挎在裤腰带的后面，这看家伙真有点象手枪似的。他多么希望也有一把呀，走出走进，赫赫的！可是他没有。他也有修树的时候，大的手术他不敢动手，比如[illegible]正树形，把一个紧挨相[illegible]的枝杈剪掉，他没有那么大的胆子。可是钉个头什么的，这他可不含糊，拿起剪子就比划。只是他并不是使树剪子，因此没有他固定专用的，要用就到小仓库去拿上一把。这把剪子[illegible]，而且，当然玩意儿总是那么[illegible]，总是不那么好使。[illegible]塞牙[illegible]，不快，费那么大劲，还剪不断。剪口也不平，看起来倒象家具不好，他不会使唤似的！气人。

但长大老张老是看见小马剪两下看看他那剪子，剪两下看看他那剪子那样，心里发笑。有一天，从他的锁着的柜子里拿出一把全新的苏式树剪，向小马说：“小马，这把剪子交给你，由你自己使：钝了自己磨，坏了自己修理，绷簧掉了——跟公家领，可别老把绷簧搞丢了。小人小马小刀枪，正合适！”周围的人都笑了：因为这把剪子特别轻巧，特别小。小吕这可高了兴了，十分得意地说：“做啥~~象~~[像]啥，卖啥吆喝啥嘛！”这算了了一桩心事。

自从有了这把剪子，他真是一日三摩挲。除了晚上脱衣服上床才解下来，一天不离身。没事就把剪子拆开来，用砂纸打磨得~~铮~~[锃]亮，拿在手里都是精滑的。

今天，晚上，没事，他又打磨他的剪子了，在216次火车过去以前，一直在细细地磨。磨完了，涂上一层凡士林，用一块布包起来——明年再用。今年不再有使剪子的活了。葡萄条已经铰完，别的使剪子的活更早就过去了。

另外一样，是嫁接刀。他想明年自己就先练习削树码子，练得熟熟的，~~象~~[像]大老刘一样！也不用公家的刀，自己买。用惯了，趁手。他合计好了：把那把双箭牌塑料把的小刀卖去，已经说好了，交给你，由你自己使：锈了自己磨，坏了自己修理。绷簧掉了——跟公家领，另外再把绷簧搞丢了。小人小马小刀把，正合适！小周围的人都笑了：因为这把剪子特别轻巧，特别小。

小吕这下高了兴了，十分得意地说："做啥像啥，卖啥吆喝啥嘛！"这算了了一桩心事。

自从有了这把剪子，他真是一日三摩挲。除了晚上脱衣服上床才解下来，一天不离身。没事就把剪子拆开来，用砂纸打磨得铮亮，每个[illegible]里都是精滑的。

今天晚上没事，他又打磨他的剪子了。夜火车过去以前，一直在细细地磨。磨完了，涂上一层凡士林，用一块油布包起来。——明年再用。今年不再有使剪子的活了。葡萄已经铰完，剩的使剪子的活早就过去了。

另外一样，是嫁接刀。他想明年自己就先练习削树码子，练得熟熟的（用惯了，熟练了），像大老刘一样；也不用公家的刀，自己买。他合计好了：把那把双筒猎枪的小刀卖了，已经说好了。

四13

猪倌小白要。打一个八折。原价一块六，六八四十八，八得八，一块二毛八。再贴一块钱，就可以买一把上等的角柄嫁接刀！他准备明天就去托黄技师，黄技师两三天就要上北京。

三、老九

老九用四根油浸过的细皮条编一条一根葱的鞭子。这是一种很难的编法，四股皮条，这么绕来绕去的，一走神，就错了花，就拧成麻花要子了。老九就这么聚精会神地绕着，一面舔着他的舌头。绕一下，把舌头用力向嘴唇外边舔一下，绕一下，舔一下。有时忽然“唔”的一声，那就是绕错了花了，于是拆掉重来。他的确是用的劲儿不小，一根鞭子，道道花一般紧，地道活计！编完了，从墙上把那根旧鞭子取下来，拆掉皮哨[鞘]，把新鞭哨[鞘]结在那个楸子木刨出来的又重又硬又光滑的鞭杆子上，又挂在原来的地方。

黄永玉　绘

猪倌小白要。打一个八拍，柔作一块六，六八四十八，一八得八，一块二毛八。再贴一块钱，就可以买一把上等的角柄炼钢刀！这好。他要问明天就去托黄技师，黄技师后三天就要去北京。

三 老九

三号字老宋体 二栏之一占四行

老九用四根油浸过的细皮条在编一条一根葱的鞭子。这是一种很难的活，四股皮条，这么绕来绕去的，一走神，就错了花，就编成麻花辫子了。老九就这么聚精会神地绕着，一面默念着他的口诀。绕一下，把舌头用力向嘴唇外边舔一下，绕一下，舔一下。有时忽然“嗤！”的一声，那就是绕错了花了，于是拆掉重来。他的确用的劲使不小，一根鞭子，道道花一般紧，比道道汁！编完了，他把猪倌上把那根旧鞭子解下来，拆掉旧皮带，把新鞭梢结在那个椒子木刨出来的、又重又硬又光滑的鞭杆子上，还拴在原来的地方。

四14

可是这根鞭子他自己是用不成了。

老九是个“羊伴子”——小羊倌。他是这个场子里的世袭工人了。他爹在场里赶大车，又是个扶耧的好手。老九从小在场里长大，穿了开裆裤，到处乱钻。使砖头砸杏儿、摘果子、偷萝卜、刨甜菜，都有他。稍大一点，能做点事了，就什么也做，放鸭子，喂小牛，搓玉米，锄豆埂……最近三年正式固定在羊舍，放羊。老九是土生土长（小吕家是从外地搬来的），这一带地方，不论是哪个山豁豁里，渠坳坳里，他都去过，用他自己的说法是“尿尿都尿遍了”。这一带的人，不问老少男女，也无不知道有个秦老九。每天早起，日头上来，露水稍干的时候，只要听见：

蓝蓝的天上白云飘，

白云下边马儿跑……

就知是老九来了。——这孩子，生了一付[副]上低音的宽嗓子！他每天把羊从圈里放出来，上了路，走在羊群前面，一定是唱这一支歌。一挥鞭子：

挥动鞭儿响四方——

可是这桩难事他自己是用不成了。

老九是个……小羊倌。

他是这个场子里的世袭工人之一。他管着场里赶大车，又是伺候牲口的好手。老九就在场里长大，穿着开裆裤，踩着乱砖，使砖头砸枣儿、摘果子、偷葡萄、刨甜菜，都有他。稍大一点，能做点事了，就什么也做：放鸭子，喂小牛，揽玉米，锄豆埂……最近三年正式固定在羊舍，放羊。老九是土生土长一个小山窝里，从外边搬来的。这一带地方，不论是哪个山窝窝里，坳坳里，他都去过，用他自己的话说是：前前后后都来过了。这一带的人，不问老少男女，无不知道有个秦老九。每天早起，日头上来，赶着羊往……的时候，只要听见：

"……三……三……" 的天上的雪花，

"……雪下边马儿跑……"

就知是老九来了。他每天把羊从圈里放出来，上了路，走在羊群前面，一定是唱这一支歌。一挥鞭子：

"挥动鞭儿响四方——"

百鸟齐飞翔……

若是有人来问我，

这是什么地方？

我就这样的告诉他，

这是我们的家乡……

矮粗矮粗的个子，方头大脸，黑眉毛大眼睛，大嘴，大脚。老九这双鞋也是奇怪，显得特别大。你以为他的脚有多么大呢，其实叫他脱下来，也还是一双孩子的脚，虽然有很多伤口，皮肉还很嫩气，脚指甲还是薄薄的，还并没有受过很多年苦。实纳帮，厚布底，满底钉了扁头铁钉，走起来忒楞忒楞地响。一摇一晃的，来了！后面是四百只白花花的，挨挨挤挤，颤颤游游的羊，无数的小蹄子踏在地上，走过去象[像]下了一阵暴雨一样。有个会说笑话的老汉曾经跟老九说过：

"'我就这样的告诉他，这是我们的家乡！'老九，你也要算咱们沙岭堡的一景！你要是走了，咱们真还是不习惯哩。"

老九发育得快，看样子比小吕魁伟壮实得多，象[像]个小大人了。可是，有一次，他拿了家里的碗去食堂买饭，那碗可可跟食堂的碗一样，恰好食堂里这两天丢了几个碗，管理员看见了，就说是食堂的，并且大声宣告"秦老九偷了食堂的碗！"老九把脸涨得通红，一句话说不出，忽然嚎叫起来：

"我 × 你妈！"

百鸟齐飞翔

蟒粗蟒粗的个子，方头大脸，黑眉毛大眼睛，大嘴，大脚。老九这双脚也是奇怪，要得特别大。你以为他的脚有多么大呢？其实叫他脱下来，也还是一双孩子的脚，小脚指甲还是薄薄的，还并没有受过很多辛苦。实纳帮，厚布底，满底钉了层又铁钉，走起来咔嚓咔嚓擦地响。一撑一提的，来了！……后面是一百只白花花的，鼓鼓游游的羊，要数他小蹄子踏上北上走过去，留下了一阵暴雨一样。有个会说笑话的老汉看他跟老九说过：

「你要是走了，咱们真还是要不惯习呢。」

老九长得快，看样子比小马壮实的多，像个小大人了。可是，有一次，他因为食堂买饭，拿了家里的碗，那碗可可跟食堂的碗一样，估计食堂里少了几个碗，被管理员看见了，就说是食堂的，并且大声宣告了秦老九偷了食堂的碗！让老九把脸涨得通红，一句话说不出来。忽然嚎叫起来：

「我又偷妈！」也

一面毫不克制地咧开大嘴哇哇地哭起来，使得一食堂的人都喝吼起来：

“唳噫，不兴骂人！”

“有话慢慢说，别哭！”

老九要是到了一个新地方，在一个新单位，做了真正的“工人”，若是受了点委屈，觉得自尊心受了损伤，还会这样哭，这样破口骂人么？

老九真的要走了，老九到了要决定自己的命运的时候了。不过也不用费什么思索，这是已经定了的。老九要去当炼钢工人去了。他有个舅舅，在第二钢厂当工人，早就设法让老九进厂去学徒，他爹也愿意。有人问老九：

“你自己呢？愿意么？”

“老九，你咋啦，你不放羊了么？”

这叫老九很难回答。回答是好回答的，当然是“愿意”。谁都知道炼钢好，光荣，工人阶级是老大哥。但是放羊呢？这是他爹的意见。他说：

“我爹不愿意我放羊，他说放羊不好。”

一面气不走利地咧开大嘴哇哇地哭起来。使得一屋的人都嚷嚷起来：

「噫，不像话人！」

「有话讲，说，别哭！」

老九要是到了一个新地方，在一个新单位，做了真正的「工人」，若是学了点手艺，觉得自尊心受了损伤，还会这样哭，这样骂人么？

老九真的要走了。老九到了要决定自己的命运的时候了，不过也不用费什么思索，这是已经定了的。老九要去当炼钢工人，为了他有个穷哥哥，在鞍钢二钢厂当工人，早就说让他去也进厂去学徒，他当也愿意。有人问老九：

「你自己呢，愿意么？」

「老九，你昨晚，你不放羊了么？」

这时老九很难回答，回答是好回答的，当然是「愿意」。谁都知道炼钢好，光荣，工人阶级是老大哥。但是放羊呢？这是他的意见。他说：

「我舍不得放羊，他说放羊不好。」

他也竭力想同意他爹的看法，说：

“放羊不好，放羊把人都放懒了，啥都不会！”

其实他心里一点也不同意！如果这话要是别人说的，而他自己现在又不是要不放羊；他第一个要起来大声地辩驳：“你瞎说！你没有根据，望风捕影！”他又说：

“放羊不好哝！放羊的讨不到好老婆，人都不愿跟放羊的；放羊的走路都是两样的，走到哪里人一看就看出来！”

这没道理，也有点道理。不愿嫁放羊的，这是旧社会留下的影响。放羊的房没一间，地没一垄：放羊的长年在外，整天不在山上就在滩里，“身披蓑衣手里拿着伞”，“只见黄尘瞭不见个人”。[①]现在其实应当改变，也在改变。至于放羊的走路，到的确是一看就看得出来的：老是不紧不慢的，步子跨得挺大，脚跟可老是提不起来似的，总是擦着地走——侧楞侧楞。老羊倌就是那样走路，老九也有点那样。其实老九就是不放羊，走路大概也会是那样的！然而这成什么理由呢？

①二人台“五哥放羊”中词句。

他也竭力赞同志仁等的看法，说：

「放羊不好，放羊把人都放懒了，啥都不会！」

其实他心里一点也不同意；如果这话要是别人说的，倘他自己说，又不是要面子不敢，他第一个要跳起来大声地辩驳：「你瞎说！你有根据，光凭捕影！」他又说：

「放羊不好嗦！放羊的讨不到好老婆，人都不愿跟放羊的，与放羊的老婆都是两样的，走到哪里人一看就看出来了！」

这段道理，也有点道理。不愿嫁放羊的，这是旧社会留下的影响。放羊的磨没一间，比没一堆；放羊的长年在外，整天不是山上就是滩里，「身披蓑衣手拿雨伞」，「头见黄鹰脚不见女人」。①以至其实应当改变，也在改变。至于放羊的走路，倒的确是一看就看得出来的：老是不紧不慢的，步子跨得挺大，脚跟老是提不起来似的，好像总是探着似走，老羊倌就是那样走路，老九也有点那样。其实老九就是不放羊，走路大概也会是那样的！谁会这么什么理由呢？

①「五羊放羊，中间句。」

放羊和炼钢，他实在无从选择，无从比较，因为对他说来，一个具体，一个不具体。

放羊么？——

每天早起，他打开羊圈门，把羊放出来，挥着鞭子，打着唿哨，嘴里“嗄！嗄！”地喝唤着，赶着羊上了路，按照老羊倌的嘱咐，上哪一座山。到了坡上，把羊打开，一放一个满天星——都匀匀地撒开；或者凤凰单展翅——顺着山坡，斜斜地上去，走成一长溜。羊安安驯驯地吃开草，就不用操什么心了。羊群缓缓地往前推移，远一点看，~~象~~［像］一片云彩在坡上流动：天也蓝，山也绿，洋河的水在树林子后面白亮白亮的。农场的房屋，果树，都看得清清楚楚。一列一列的火车过来过去，看起来又精巧又灵活，简直不~~象~~［像］是那么大的玩意。真好呀，你觉得心都轻飘飘的。

“放羊不是艺，笨工子下不地[①]！”不会放羊的，打都打不开。羊老是恋成一疙瘩，挤成一堆，走不成阵势，吃不好草。老九刚放羊时，也是这样。老九蹦过来，追过去，累得满头大汗，心里急咚咚地跳，还是弄不好！有一次，

①“笨工子”是外行。“下不地”是说应付不了。

放羊和炼钢，他宁可选择，无论比较
因为对於说来，一个具体，一个不具体。

放羊啊？嘿

每天早起，他打开羊圈门，把羊放出来。挥着鞭子，打着唿哨，嘴里"嘎！嘎！"地吆喝唤着，赶着羊上了路。按照老羊倌的吩咐，上哪一座山，到了坡上，把羊打开，一放一个满天星，或者凤凰展翅，羊群安安稳稳地吃开草。就不用操什么心了。羊群缓缓地移动，远看，像一片云彩，在坡上慢慢地流动。天也蓝，山也绿，洋河的水在树林子后面白亮白亮的。农场的房屋、果树都看得清清楚楚。一列一列的火车过来过去，看起来又精巧又灵活。简直不象是那么大的玩意。真好呀，你觉得心都轻飘飘的。

放羊不是艺，笨工子下不地！也

羊老是窝成一疙瘩，挤成一堆，走不成阵势。吃不好草。老九刚放羊时，也是这样。老九蹦过来，追过去，累得满头大汗，心里急得噗通噗通跳，还是弄不好！有一次，

笨工子是外行。下不地也就应付不了。

老羊倌病了，就他跟丁贵甲两个人上山，丁贵甲也还没什么经验，竟至弄得羊散了群，几乎下不了山。现在，老羊倌根本不怎么上山了，他俩也满对付得了这四百只羊了。问老九："放羊是咋放法？"他也说不出，但是他会告诉你老羊倌说过的：看羊群一走，就知道这羊倌放了几年羊了。

放羊的能吃到好东西。山上有野兔子，一个有六七斤重。有石鸡子，有半鴂子。石鸡子跟小野鸡似的，一个准有十两肉。半鴂子一个准是半斤。你听："呱格丹，呱格丹！呱格丹！"那是母石鸡子唤她汉子了，你不要忙，等着，不大一会，就听见对面山上"呱呱呱呱呱呱……"，你轻手轻脚地去，一捉就是一对。山上还有鸬鸬，鸬鸬就是野鸽子。"天鹅、地鹊，鸽子、黄鼠"，这是上讲究的。鸬鸬肉比鸽子还好吃。黄鼠也有，不过滩里更多。放羊的吃肉，只有一种办法：和点泥，把打住的野物糊起来，拾一把柴架起火来，烧熟。真香！山上有酸老羊倌病了，就他跟丁贵甲两个人上山，丁贵甲也还没什么经验，竟是哥们于放了羊，几乎回回下不了山。现在，老羊倌根本不去上山了，他俩也满对付得了这四百只羊了。问老九：“放羊是咋放法？”他也说不出，但是他会告诉你老羊倌说过的：看羊群一走，就知道这羊倌放了几年羊了。

放羊的能吃到好东西。山上有野兔子，一个有六七斤重。石鸡子跟小野鸡似的，一个准有十两肉。半鸡子，个头是半斤。你听：“呱格丹！呱格丹！呱格丹！”那是母石鸡子唤她汉子了。你不要忙，等着，不大一会，就听见村西山上“呱呱呱呱呱……”，你赶紧往那边去，一抓就是一对。山上还有鹧鸪鹌鹑。鹤就是野鸽子。“天鹅、地鹁，鸽子肉、黄鼠”，这是上讲究的。放羊的吃肉，只有一样办法：和上泥，把打住的野鸡糊起来，捡一把柴架起火来，烧熟。真香！山上有酸枣，有榛子，有槟林，有红姑蔫，有酸溜溜，有梭瓜瓜，有各色各样的野果。大北滩有一片大桑树林子，夏天结了满树的大桑椹，也没有人去采，落在地下，把地皮都染紫了。每回放羊回来经过，一定是“饱餐一顿”，吃得嘴唇、牙齿、舌头，都是紫的，真过瘾！……

放羊苦么？

咋不苦！最苦是夏天，春、秋天都好说。夏天，别个正在家里歇晌哩，你在山顶上放羊。放羊又全靠夏天。羊一年上不上膘，全看夏天吃草吃得好不好。夏天放羊，又全靠晌午。“打柴一日，放羊一晌”。早起的露水草，羊吃了不好。要上膘，要不得病，就得吃太阳晒过的蔫筋草。可是这时正是最热的时候。不好找个荫凉地方躲着么？不行啊！你怕热，羊也怕热哩，它不给你好好地吃！一热，羊就不想吃，它也躲荫凉。你看：都把头埋下来，挤成一疙~~疸~~[瘩]，它净想躲在别的羊的影子里，往别个的肚子底下钻。这你就得不停地打。打散了，它就吃草了。可是打散桑，有核子，有榛林，有红姑蔦，有酸溜溜，有核瓜瓜，有青色的野果。大北疑有一片大桑树林子，夏天结了满树的大桑椹。它的有乞採，落在地下，把地都染紫了。每回放羊回来往过，一定要饱吃一顿，吃得嘴唇、牙齿都是紫的，真过瘾……

放羊苦不？

哪不苦！最苦是夏天。春秋天都好说，夏天，别个还好，你还跟咱们一块下山，你上山放羊，放羊又全靠夏天。羊一年上不上膘，全看夏天吃草吃得好不好。夏天放羊，又全靠晌午。打紧一阵，放羊一晌午。早起的露水草，羊吃了不好。要上膘，要不得病，就得吃太阳晒过的蔫筋草。可是这时正是最热的时候。不好找阴荫凉地方躲着啊？不行啊！羊也怕热，它不住好好吃吃！一热，羊就不想吃，它要躲荫凉。你看都把头埋下来，挤成一疙瘩。嗯，用鞭子把它撑想躲在别的羊的影子里，往别个的肚子底下钻。这你就得不停地打，打散了，它就吃草了。可是打散了，一会会，它又挤到一块去！打散

了，一会会，它又挤到一块去！打散了，一会会，它又挤到一块去了。你想休息？甭想。一夏天这么大太阳晒着，烧得你嘴唇、上颚，都是烂的！

真渴呀。这会，农场里给~~予~~[预]备了行军壶，自然是好了。若是在旧社会，给地主家放羊，他不给你带水。给你一袋炒面，你就上山吧！你一个人，又不敢走远了去弄水，狼把羊吃了怎办？渴急了，就只好自己喝自己的尿。这在放羊的不是稀罕事。老羊倌就喝过，丁贵甲小时当小羊伴子，也喝过。老九自然没喝过，不过他知道这些事。就是有行军壶，你也不敢多喝。若是敞开来，由着性儿喝，好家伙，那得多少水？只好呡一点儿，呡一点儿，叫嗓子眼潮润一下就行。

好天都好说，就怕~~括~~[刮]风下雨。~~括~~[刮]风下雨都好说，就怕下雹子。老九就遇上过。有一回，在马脊梁山，遇了一场大雹子！下了都有二十分钟，都有鸡蛋大。砸得一群羊惊惶失措，满山乱跑，咩咩地乱叫成一片。砸坏了二三十只，跛了腿，起不来了。——后来是老羊倌、丁贵甲和老九一趟一趟地抱回来的。下得老九那天沉不住了，脸上一阵白，一阵紫，他觉得透不出气来。不是老羊倌把他了，一会会，它又挤到一块去了。你想休息？再想。一夏天这府太阳脚看，越得你嘴唇，上头，都是燎的！

真渴呀。这会，农场里倌子都打算，目然是好了。若是旧社会，给地主家放羊，他不你常水……[illegible]……又不敢走远了去奔水。[illegible]……渴急了，就只好自己喝自己的尿。[illegible]……不是稀罕事。老羊倌就喝过，丁贵甲小时当小羊倌子，也喝过。老九自然没喝过。不过他知道这些事。就是有行军壶，你也不敢多喝。羊是离开人，也看吧见喝，好你伙，那得多少水？只好眼一眨一眨，嘬着嘴唇，湿润一下就行了。

好天都好说，怕刮风下雨。刮风下雨都好说，就怕下雹子。巴老九就遇上过。有一回，在马背梁山，遇上一场大雹子！下了都有二十分钟，都有鸡蛋大。羊都砸坏了二三十只，不来了。……後来是老羊倌、丁贵甲和老九一遍一遍地把……回来的。不得老九那天沉不住了。脸上一阵白、一阵紫。不是老羊倌把他那个竹皮大斗笠给他盖住，又给他喝了几口他带在身上的白酒，说不定就回不来啦。

但是这些，从来也没有使老九告过孬，发过怵，他现在回想起来倒都觉得很痛快，很甜蜜，很幸福。他甚至觉得遇上那场雹子是运气。这使他觉得生活丰富、充实，使他觉得自己能够算得上是一个有资格，有经验的羊倌了，是个见识过的，干过一点事情的人了，不再是只知道要窝窝吃的毛孩子了。这些，苦热、苦渴、风雨、冷雹，将和那些兰[蓝]天、白云、绿山、白羊、石鸡、野兔、酸枣、桑椹互相融和调合起来，变成一幅浓郁鲜明的图画，永远记述着秦老九的十五岁的少年光阴，日后使他在不同的环境中还会常常回想。他从这里得到多少有用的生活的技能和知识，受了好多的陶冶和锻炼啊。这些，在他将来炼钢的时候，或者履行着别样的职务时都还会在他的血液里涌洑，给予他持续的力量。

但是他日渐向往于炼钢了。他在电影里，在招贴画上，看过不少炼钢的工人，他的关于炼钢的

那个钓成大斗笠给他画什，又给他唱了曲儿口
他常在身上的面酒，说不定就回不来呢。
但是这些，从来也没有使老九感告过苦恼，发
过愁。他现在回想起来倒都觉得愉快，很甜蜜，他
悬里觉得遥远，那的电子里开的日远气。这使他
觉得生活丰富、充实，使他觉得自己能够算得
上是一个有资格，有经验的平伍了，是个见识
过的，干过一点事情的人了，不再是只知道田野
家家的孩子了。这些，苦想，苦涩，风雨，
冷宽，惊和那些花大、白云、绿山、白羊、石
鸡、野花、酸枣、杂粮互相融和调合起来，发
成一幅浓郁鲜明的图画，永远记述着老九的十五岁的少年时
光明的日后，日后会使他在不同的环境中常常回想起。
他从这里得到了不少有用的生活的技能和知识，
学了多好的阅历和锻炼啊。这些，在他将来炼钢的
时候，或者别的同样的职务时都还会在他的
血液里涌流，给予他的浑厚力量。
炼钢⋯⋯的事
但是他的情绪在日渐倾向于炼钢了。不过，现在 他至已
形里，在拍档画上看过不少炼钢的工人，他的
关于炼钢的

知识和印象也就限于这些。他不止一次设想自己下一个阶段的样子——一个炼钢工人：戴一顶大八角鸭舌帽，帽舌下有一副~~兰~~[蓝]颜色的~~象~~[像]两扇小窗户一样的眼镜，穿着水龙布的工作服——他不知那是什么布，只觉得很厚，很粗，场子里有水泵，水泵上用的管子也是用布做的，也很厚，很粗，他以为工作服就是那种布——戴了很大很大的手套，拿着一个很长的后面有个大圈的铁家伙……没人的时候，他站在床上，拿着小吕护秋用的标枪，比划着，比划着。他觉得前面，偏左一点，是炼钢的炉子，轰隆轰隆的熊熊的大火。他觉得火光灼着他的眼睛，甚至感觉得到他左边的额头和脸颊上明明有火的热度。他的眼睛眯瞑起来，眯瞑起来……他出神地体验着，半天，半天，一动也不动。果园的大老张一头闯进来（他是来取小张的一本参考书来的），看见老九脸上的古怪表情（姿势赶快就改了，标枪也撂了，可是脸上没有来得及变样——他这么眯瞑着太久了，肌肉一下子也变不过来），忍不住问："老九，你在干啥呢？你是怎么啦？"

印象也就跟着这些。他不止一次设想自己的下一个阶段的样子——一个炼钢工人：戴一顶鸭舌帽，帽子下有一副蓝颜色的像两扇小窗户一样的眼镜，穿着水龙布的工作服——他不知那是什么布，只觉得很厚，很粗，据子里有水泵，水泵上用的带子也是用布做的，也很厚，很粗。他以为工作服就是那种布做的。戴了很大很大的手套，拿着一个很长的铁的钩子，有个大圆的铁家伙……他就在床上，拿着小号锹用的标枪，比划着，比划着。他觉得前面，偏右一点，是炼钢的炉子。轰隆轰隆的熊熊的大火。他觉得大火灼着他的眼睛，甚至感觉得到他左边的额头和脸颊上有火的热度。他的眼睛眯起来……他出神地修着，半天，半天，一动也不动。果园的大老张一头闯进来，看见老九脸上的古怪表情和姿势摆得那么了，标枪也撂了，可是脸上没有来得及变样——他这么眯着太久了，肌肉一下子也变不过来，忍不住问："老九，你在干啥呢？你是怎么啦？"也今天晚上，老九可是专心致意地打了一晚上鞭子。你已经要去炼钢了，还编什么鞭子呢？

一来是习惯。他不还没有走吗？他明天把行李搬回去，叫他娘拆洗拆洗，准备准备，三天后才动身，今天还要在羊舍里住一晚上。既在这里，总要找点事做。这根鞭子早就想到要编了，好容易才把材料凑起了，不如就趁今天编起来，还有，他不用，不总有人要用吗？他本来已经想好，在编着的时候又更确实地重复了一遍他的决定：这根鞭子送给留孩，明天走的时候送给他。

四、留孩和丁贵甲

沙岭子，

穿袄没领子；

二里半，挑小蒜，

狼吃了不管饭；

河南汉，

格支格支两颗蛋。

今天晚上，老九多么专心致意地打了一晚上鞭子，你已经要去炼钢了，还修什么鞭子呢？这一来是习惯。他不还没有走吗？他明天把行李搬回去，叫他娘拆洗拆洗，三天后才动身。今天还要在会里住一晚上。那么就在这里，总要找点事做。这把鞭子早就想到要修了。好容易把材料凑起了，不如就趁今天修起来。有，他不用，也总有人要用吗？何况，他早来之后想好，在修着的时候，又更确实地重复了一遍他的决定：这把鞭子送给留孩，明天走的时候送给他。

四、留孩和丁贵甲

水簸箕之子穿衣没领子，二里半，排小苗，粮收了不管饭，河南汉，枯支枯支两颗蛋。

这是孩子们传下来的歌，现在偶尔还可以听到有的孩子唱。歌词似乎有意，又似没有什么意义，但是传达了孩子们的苦趣——对于自己的贫寒的家乡的揶揄。“格支格支两颗蛋”，这形容得很滑稽。河南是指洋河南。河南是山区，过去尤为寒苦，那里的人又常常涉水过来，这是同时说他们一无所有和光身过河的样子的。孩子们常在水边玩，看得多了，所以能说出这样奇妙的句子。

留孩的家就在河南，就在对面那座大山里。推开羊舍的窗户，就能看见四外的山，数它高。春秋天，天气特别好的时（候）能看见山上的树木、小路，和一方一方的——是房子，什么都露了出来仿佛要说话似的。你觉得一举步就能走到似的，平常日子，就只见青濛濛黑压压的一片。下雪天气，别的山上都还没有什么，它已经亮烁烁地在青灰色的天上现出了一个白脑袋。山叫百摺山，的确是曲折险峻。山里人自己描写：~~象~~[像]羊肚子一样。

那里过去多灾荒，多土匪。人们常常出外逃荒，讨吃。讨吃是一种通行的谋生的手段。有的人讨吃着，到外乡去找活路；有的人在

案性删，如何？ 删

這是孩子們傳下來的歌，現在你还可以听到有的孩子唱。歌词似乎没有什么意义，但是傳达了孩子們的苦趣——对于自己的貧寒的家乡的揶揄。括支括的題材，安得很準。河南是指洋河南。河南過去為貧寒苦，那里的人又常常涉水過來。這是因此說他們一無所有和光身過河的樣子的。孩子們常在水边玩，看得多了，所以能編出這樣妙的句子。

留孩的家就在河南，就在村边那座大山里。推开草舍的窗户，就能看見。四外的山，数它高。常常看見青濛濛黑壓壓一片。春秋天，天气特别好的时候，看见山上的树木、小路，和一家一家的——出房子，什么时候下雪天气，刚刚山上都还没有什么，它就亮樸樸的，上青灰色的天上露出了一個白腦袋。山叫百摺山，的确是陡峻。山里人自己描写：像羊肚子似的。

那里过去多災荒，多土匪。人们常常外逃荒。讨吃。讨吃是一种普通的谋生的手段。有的人讨吃着，到外乡去找路子，有的人直外边使尽了力气，讨吃着回来；有的就干脆两头都是讨吃。就是正常的年景，也有很多人撒下了庄稼，马上就离开家，背了一块破毡子，到口外去割莜麦；割完了莜麦，再回来收获自己的一点荒芜的秋粮。不这样，单指着那一点地，糊不住口。

留孩对这些都不大记得了。他知道一些，也都是当故事听来的。这哪里还~~象~~[像]一个“河南汉”呢？你看看：黑~~充~~[冲]服呢的新棉袄——农民有时也真舍得，用这种~~作~~[帮]鞋面的布料做衣服——吊裆马裤式的棉~~袄~~[裤]，戴了那么大一个狗尾巴的皮帽，那么长的毛，把眉毛都遮住了。也许是炉火也旺了点，~~彆~~[憋]得一个小~~园~~[圆]脸通红的，越加显出两个乌溜溜的~~园~~[圆]眼。他奶哥~~象~~[像]他这么大，哪有这样呢？——现在自然是也不同了！有一次场里开会辩论一个~~【有】~~不好好劳动的工人，他就曾经直撅撅地站起来说过：“就~~象~~[像]我吧：灯芯绒裤子也穿两条！”——就这么一句，说完就坐下了。弄得全场的人一时都摸不着头脑，不晓得他说的是啥，稍停一会，就全解过来了，有人接下去说，“是啊，旧社会的时候……”现在，床底下木箱里他也攒了一箱子家当。留孩来了，他的盖窝就足够两个人睡的。大礼拜撸上新衣，坐上火车进城，看不出是个放羊的！

留孩和丁贵甲是奶兄弟。这一带

人民文学

删

第 27 页

外也使尽了力气，讨吃着回来，有的就向口外部是讨吃，就是平常的年景，也有很多人搁不了庄稼，马上就离开家，到口外去割莜麦，割完了莜麦，再回来收拾自己的一点荒芜的秋粮。不这样，单靠着那一点地，糊不住口。

当孩对这些都不太记得了。这哪里还家——

但，河南怎样呢？你看看：黑色服呢的新棉袄——农民有时也真搞[illegible]，用这种外洋的布料做衣服——早稿马裤式的棉袄，戴了那么大一个狗尾巴的皮帽，把脑（那么长的毛）都遮住了。也许是好大也眼了这。嘴得一个小脸通红的，越加显出两个乌溜溜的圆眼。他好奇的看他这么大，哪有这样呢？——

现在自然是不同了！有一次场里开会辩论——个有[illegible]的工人，他就[illegible]站起来说：“就家伐吧，灯芯绒裤子也[illegible]两条！”

[illegible]

本箱里他也摸了一箱子，富贵的当孩来了。他们薰窝就是两个人睡的。大补衣上大事进城看不出是个放羊的！

[illegible]当孩和丁贵甲是好朋友。这一节

20×20=400（京文）

45

风俗，对奶亲看得很重。奶母，奶爹，奶兄弟，奶姊妹。一辈子都要走动。结婚时先给奶爹奶母磕头；奶爹奶母死了，~~象~~[像]给自己的爹妈一样的~~带~~[戴]孝。奶兄弟，奶姊妹，比姨姑兄弟姊妹都亲。丁贵甲的亲娘还没有出月子就死了，丁贵甲从小在留孩娘跟前寄奶。后来丁贵甲的爹得了腰疼病，终于也死了。他在给人家当小羊伴子以前，一直就在留孩家长大。所以更是跟自己的家没有区别。丁贵甲有时请假，说回家看看，就指的是留孩的家。除此之外，他也没有家，他的家便是这个场。

留孩一年也短不了来看他奶哥。过去大都是他爹带他来，这回是他自己来的——他爹队里事忙，三五天内分不开身；而且他这回来和往回不同：他是来谈工作的。他要来顶老九的手。留孩早就想过这个场里来工作。他奶哥也早跟场领导提了。这回谈妥了，老九一走，留孩就搬过来住。

留孩，你为什（么）想到场子里来呢？这儿有你奶哥；还有？——“这里好。”这里怎么好？——“说不上来。”

风俗，对奶亲看得很重。奶母、奶爹、奶兄弟、奶姊妹，一辈子都要走动。结婚时先给奶爹奶母磕头，奶爹奶母死了，要给自己的爹妈一样的带孝。（奶兄弟、奶姊妹，比嫡兄弟姊妹都亲。）丁贵甲的亲娘还没有出月子就死了，丁贵甲从小在留孩娘跟前寄奶。后来丁贵甲的爹得了腰疼病，活不下去了。他就给人家当小羊倌，以前一直就在留孩家长大。两个是跟自己的家没有区别。丁贵甲有时请假回家看看，就指的是留孩的家。除此之外，他就没有家。他的家便是这个场部。

留孩一年也难得来看他奶哥。这才大都是他爹带他来，这回是他自己来的——他队里事忙，三五天内不开身，而且他这回来和往年不同：他是来谈工作的。他要来顶老九的手。留孩早就想过这个场里来工作。他奶哥也早跟场里提了。这回谈妥了，老九一走，留孩就搬过来住。

留孩，你为什么想到场子里来呢？这里究竟有你奶哥，还有？——“这里好。”怎么好？还……——“说不上来。”

…………

这里有火车。

这里有电影，两个星期就放映一回，常演打仗片子，捉特务。

这里有很多小人书。图书馆里有一大柜子。

这里有很多机器。播种机、收割机、脱粒机……张牙舞爪，排成一大片。

这里庄稼都长得整齐。先用个大三齿耙似的家伙在地里划出线，长出来笔直。

这里有花生、芝麻、红白薯……这一带都没有种过，也长得挺好。

有果园，有菜园。

有玻璃房子，好几排，亮堂堂的，冬天也结西红柿，结黄瓜。黄瓜那么绿，西红柿那么红。跟上了颜色一样。

有很多鸡，都一色是白的；有很多鸭，也一色是白的。鸭的嘴都是黄的；鸡冠子红得~~象~~［像］朵花。风一吹，白鸡毛忒勒勒飘翻起来，真好看。有很多很多猪，都是短嘴头子，大腮帮子，巴克夏，约克夏。这里还有养鱼池，看得见一条一条的鱼在水里游……

这里还有羊。这里的羊也不一样。留孩第

……

這里有大車。

這里有電影，兩个星期就放映一回，常演打仗片，挺好看。

這里有很多小人書。圖書館里有一大櫃子。

這里有很多機器。播種機、收割機、脫粒機……張手爪，排成一大片。

這里莊稼都長得整齊。先用了大三齒耙似的傢伙在地里划出線，長出來筆直。

這里有花生、芝麻、紅白薯……這一帶别处都沒有種過，也長得挺好。

有果園，有菜園。

有玻璃房子，好几排，一大片的，冬天也結西紅柿，結黃瓜。黃瓜那麼綠，西紅柿那麼紅，跟上了顏色一樣。

有很多雞，都一色是白的；有很多鴨，也一色是白的。鴨的嘴都是黃的；雞冠子紅得象果花。風一吹，白雞毛忒勒勒翻飄起來，真好看。有很多很多豬，都是短嘴頭、大腮幫子，是有名的巴克夏。這里還有養魚池，看得見一條一條的魚在水里游……

這里還有羊。這里的羊也不一樣。留孫弟

一次来，一眼就看到：这里的羊都长了个狗尾巴。不是象[像]那样扁不塌塌的沉甸甸颤巍巍的坠着，遮住屁股蛋子，而是很细很长的一条，当郎着。他先初以为这不象[像]样子，怪寒尘[碜]的。后来当然知道，这不是本地羊，是本地羊和高加索绵羊杂交后代。这种羊一把都抓不透的毛子，做一件皮袄，三九天你尽管躺到洋河冰上去睡觉！这都是那两只高加索种公羊的子孙。既是这样，那么尾巴长得不大体面，也就可以原谅了。

这两个“高加索”，好家伙，比毛驴还大。那么大个脑袋（老羊倌说一个脑袋有十三斤肉），两盘大角，不知绕了多少圈，最后还旋扭着向两边支出来。脖子下的皮皱成数不清的摺[褶]子，鼓鼓囊囊的，象[像]围了一个大花领子。老是慢吞吞地，稳稳重重地在草地上踱着步。时不时地，停下来，斜着眼，这边看看，那边看看，样子很威严，很尊贵。留孩觉得它很象[像]张士林的一本游记书上画的盛装的非洲老酋长。老九叫他骑一骑。留孩说：“羊嘛，咋骑得！”老九说：“行！”留孩当真骑上去，不想它立刻围着羊舍的场子开起小跑来，步子又匀，身子又稳！

一溜来，一眼就看到：这些羊都长了个狗尾巴。不是象那样扁而塌塌的颤巍巍沉甸甸的坠着，遮住屁股后面，而是很细很长的一条，耷拉着。他先初以为这不象样子，怪寒伧的。後来当然知道，这不是本地羊，是本地羊和高加索绵羊杂交所生的。这种羊的皮做一件皮袄，三九天你从骨缝到净，冰上去睡觉！一把都抓不透的毛呢。这都是那两位高加索种公羊的子孙。

既是这样，那么尾巴长得不大好看，也就可以原谅了。

「高加索」，好家伙，比毛驴还大。那么大个脑袋，一老羊倌说，一个脑袋有十三斤肉。两只盘大角，不知道弯了多少道弯，最后还旋扭着向两边支出来，脖子下的皮耷拉成数不清的褶子，走起路来慢慢地，稳稳重重地在草地上踱着，时不时地，停下来，斜着眼，这边看看，那边看看，样子很威严，很尊贵。留孩觉得它很象张士林的一个画报上画的一个非洲老酋长。老九叫他驸马。留孩说：「羊嘛，什么驸马！」老九说：「不想它立刻围着羊分的场子开起小跑来，鼻子里一句，自己不稳！

原来这两只羊已经教老九训练得很善于做本来是驴应做的事了。

留孩，你过两天就是这个场子里的一个农业工人了。就要一天和这两个老酋长，还有那四百只狗尾巴的羊作伴了，你觉得怎么样，好呢还是不好？——“好。”

场子里老一点的工人都还记得丁贵甲刚来的时候的样子。又干又瘦，披了件丁令当郎的老羊皮，一卷行李还没个枕头粗。问他多大了，说是十二，谁也不相信。待问过他属什么，算一算，却又不错。不论什么时候，都是那么寒簌簌的；见了人，总是那么怯生生的。有的工人家属见他走过，私下担心：这孩子怕活不出来。场子里支部书记有一天远远地看了他半天，说，这孩子怎么的呢，别是有什么病吧，送医院里检查检查吧。一检查：是肺结核。场长书记说：这可是揽来了个小包袱！有什么办法呢，治吧。在医院整整住了一年，好了，人也好~~样~~[像]变了一个。接着，那两年也接着赶了几个好年景，~~火~~[伙]食真棒，这小子，好~~象~~[像]逢了掐脖旱的小苗子，一朝得着了足量的肥水，飕飕地飞原来这两只羊已经叫老九训练得很善于做本来是骆驼做的事了。

留孩，你过两天就是这个场子里的一个农业工人了。还有那四百只狗尾巴的羊作伴了。你觉得怎么样，好还是不好？——好吧！

场子里差一点的工人都还记得丁贵甲刚来的时候的样子。又矮又瘦，搞了件丁令当郎的老羊皮，一卷行李还没有个枕头粗。问他多大了，说是十二。谁也不相信。待问过他爹什么，算一算，却又不错。不论什么时候，都是那么寒缩缩的，见了人，总是那么怯生生的。有的工人家属见他走过，私下担心：这孩子怕活不出来。场子里支部书记有一天还这么看了他半天，说，这孩子怕有什么病吧，送医院里检查检查吧。一检查，是肺结核。场长、书记说，这可是揽来了个小包袱，有什么办法呢，治吧。送医院，整整住了一年。好了，人也好像换了一个。接着，那两年也接着赶上几个好年景，伙食真棒，这小子，好象遭了揠苗的小苗子，一朝得着合适的肥水，腾腾地飞长起来，三四年工夫，长成了一个肩阔胸高，腰细腿长的非常匀称挺拔的小伙子。守着他的，都道是怪事；中~~涂~~[途]离开的，再回来，更是根本认不出来了。一身肌肉，晒得紫黑紫黑的。有一天在洋河里跟一群小伙子比赛游泳完了，从水里走上来，正拿一条毛巾擦头，叫一个旅行的画家看见了，无论如何要叫他就这样光着身子让他画一张~~象~~[像]。画完了，还再三自言自语地叹息：真是一个完美的紫铜小雕~~象~~[像]！一个希腊雕~~象~~[像]！照一个当饲养员的王全老汉的说法，则是：~~象~~[像]个小马驹子。

这马驹子如今是个无事忙，什么事都有他一~~分~~[份]。只要是球，他都愿意摸一摸。放了一天羊，爬了一天山，走了那么远的路，回来扒拉两大碗饭，放下碗就到球场上去。逢到节日，有球赛，连打两场，完了还不休息。别人都已经走净了，他一个人在月亮地里还绷楞绷楞地射篮。摸鱼，捉蛇，掏雀，撵兔子，只要一声吆唤，马上就跟你走。哪里有夜战，临时突击一件什么工作，挑渠啦，挖沙啦，不用招呼，他扛着铁锹就来了。也不问青红皂白，吭吭就干起来。

黄永玉　绘

四31

長起來，兩三年工夫，長成了一個肩潤胸高的腰細腿長的非常匀称挺拔的小伙子。常看他的都道是怪事：中漢都要的，再回來，更是枯竹想不出來了。一身肌肉，晒得紫里發里的。

有一天在河里跟一群小伙子比賽游泳，完了，從水里走上來（还拿一条毛巾擦着），叫一個旅行的畫家看見了，無論如何要叫他就這樣光着身子讓他畫一張畫。畫完了，還再三再三的謝他，說是一個究竟的紫銅的雕像（古希腊的雕像）。照一個古銅美的王李老漢說：別是：一家個小馬駒子。

這馬駒子（如今長大了）過起日子來，什麼事都有他一分。井要是挑，他都願意換一換。散了一天半，爬上一天山，走了那麼遠的路，回來扒拉兩大碗飯，放下碗就到球場上去。逢到節日，有球賽，連打兩場，完了還不休息。別人都已經走淨了，他一個人在月亮地里還繃楞繃楞地射籃。游水、摸魚（抓蛇）、打鳥（掏雀）、撵兔子，只要一聲吆喝，馬上就跟你走。哪里有抱怨，臨時突出一件什么工作，挑渠泥，挖洪水，不用指派，他扛着鐵鍬就來了。他也不問青紅皂白，吭吭就干起來。

冬天刨冻粪，这是个最费劲的活，常言说：“刨过个冻粪哪！~~作~~［做］过个怕梦哪！”他最愿意揽这个活。使尖镐对准一个口子，~~弩~~［憋］足了劲：“许一个猪头——开！许一个羊头——开！开——开！狗头也不许了[①]！”这小伙子好~~象~~［像］有太多过剩的精力，不找点什么重实点的活消耗消耗，就觉得不舒（服）似的。

小伙子一天无忧无虑，也不大有心眼。除了吃点，穿点，就什么也不盘算，就知道干活，玩。会倒都是开的，但是很少发言，要不就是“就~~象~~［像］我吧，灯芯绒裤子也穿两条！”没头没脑地来那么一句。学习也不大好，在场里陆续认下的两个字还没有留孩认得的多。曾经有两个在学校爱说演戏的干部在一起谈过：这小伙子要是上银幕，一定很好看，演个“五朵金花”什么的，一定满合适。但是看过他演的戏，只好把这个建议暂时保留起来。

说起电影，他把所有的电影分成两大类：

①这本来是开山的石匠的习语。在石头未破开前许愿：如果开了，则用一个羊头、猪头作贡献；但当真开了，即什么也不许了。

冬天刨凍糞，這是个最費力氣的活。常言說：「刨过个凍糞嘛！作过个怕糞嘛！」比喻最顽固搅不了的。使失錯对平一回，他們口子許一个猪头，開！許一個羊头，開！開——開！狗头也不許了！這小伙子的精力過剩，不揮点什么重實的活兒，就覺得不舒服的。

小伙子一天無憂無慮，也不大有心眼。除[illegible]

学习也不大好。認識的兩个字還沒有溜掉多。

說起电影，他把所有的电影分成兩大類：

整天就知道干活，晚上也喜欢看电影，但

①这两个是有山的石匠的俗語，上石头不破开前许願之如果开了，則用一個羊头、猪头作貢献，但若真开了，[illegible]什么也不許了。

一类是打仗的，一类是找媳妇的。凡是打仗的，就都“好！”；凡是找媳妇的，就“唛噫，不看不看！”找媳妇的电影尚且不看，真的找媳妇那更是想都不想了。他奶母早就想张罗着给他寻一个对象了。每次他回家，他奶母都问他场子里有没有好看的姑娘，他总是回答得不得要领。他说林凤梅长得好，五四也长得好。问了问，原来林凤梅是场里生产队长的爱人，已经生过三个孩子；五四是个幼儿园的孩子，一九五四年生的！好~~象~~［像］恰恰是和他这个年龄相当的，他都没有留心过。奶母没法，只好摇头。其实场子里这个年龄的，很有几个，也有几个长得不难看的。她们有时谈悄悄话的时候，也常提到他。有一个念过一年初中的菜园组长的女儿，给他做了个鉴定，说：“他长得~~象~~［像］周炳，有一个名字正好送给他：《三家巷》第一章的题目！”其余几个有文化的没有看过《三家巷》的，就找了这本小说来看。一看，原来是：“长得很俊的傻孩子”，她们于是~~格格格~~［咯咯咯］地笑了一晚上。于是每次在丁贵甲走过时，她们就更加留神看他，一面看，一面想一辈子打仗的，一辈子找媳妇的。凡是打仗的就都可好！"：凡是找媳妇的，就可嘻嘻，不看不着！"也因找媳妇的也影，尚且不着，真的找媳妇那更是想都不想了。他奶母早就想张罗着给他娶一个对象了。每次他回家，他奶母都问他城子里有没有好看的姑娘。他总是回答得不得要领。他说林凤梅长得好，五四长得好。问了问，原来林凤梅是生产队长的家人，已经生过三个孩子；五四是幼儿园的孩子，一九五四年生的！所以事情总是和他这个年龄相当的，他都没有当心过。奶母没法，只好摇头。其实城子里这個年龄的，很有几个，也有几个长得不难看的。在他有时谈情说爱的时候，也常提到他。有一個总是一年初中的某国组长的女儿，给他做了个毽它，他長得象周炳，看一个名字正好送给他：三家巷第一章的题目！其余几个有文化的没有看过三家巷的，就找了这本小说来看。一看，原来是"長得俊俏的孩子"，他们是扶扶搭搭地凑了一晚上。每次去丁贵甲走时，就更加留神看他，一面看，一面想想这个名词，于是~~格格格~~[咯咯咯]地笑。这很快就固定下来，成为她们私下对于他的专用的称呼，后来又简化、缩短，由“长得很俊的傻孩子”变成“很俊的——”。正在做活，有人轻轻一嘀咕：“嗨！很俊的来了！”于是都偷眼看他，于是又~~格格格~~[咯咯咯]地笑。

这些，丁贵甲全不理会。他一点也不知道他有这么一个名字。起先两回，有人在他身后~~格格~~[咯咯]地笑，笑得他也疑狐，怕是老九和小吕在他歇晌时给他在脸上画了眼镜或者胡子。后来听惯了，也不以为意，只是在心里说：丫头们，事多！

其实，丁贵甲因为从小失去爹娘，多受苦难，在情绪上智慧上所受的启发诱导不多；后来又在这样一个集体的环境中长育，接触的人事单纯，又缺少一点文化，身体发育过速，而灵性上欠一点琢磨，以致形成他思想单纯，性格单纯，有时甚至显得有点楞，不那么精伶。对某些事还不大开窍，不会风流自赏，顾影自怜，这是有的。若说是傻，则未必，除非这是个在女孩子口中带有怜惜的字。

这是一块璞，如果在一个更坚利精微的沙轮上想这个名词，于是格格格地笑。这很快就固定成为她们对于他的专用的称呼，后来又简化、缩短，由"很俊的俊小子"变成"很俊的——"。正在做活，有人轻轻一嘀咕："嗨！很俊的来了！"于是都偷眼看他，于是又格格格格的笑。

这些，丁贵甲全不理会。他一点也不知道他有这么一个名字。起先闹闹，有人在他身后格格地笑，笑得他心里纳闷，怕是老九和小子在他歇晌时在脸上画了眼镜或者胡子。后来听惯了，也不以为意，只是在心里说："丫头们，事多！"

其实，丁贵甲因为从小多受苦难，自由自在智慧上所受的启发诱导不多；后来在这样一个集体的环境中长育，接触的人事单纯，又缺少文化，以致形成他思想单纯，有时甚至显得有点愣，不那么精细，对某些事还不大开窍，这是有的。若说是傻，则未必。除非这是个坚女孩子口中常有爱惜的字。

这是一块璞，如果在一个坚利的沙轮上

磨洗一回，就会放出更晶莹的光润。他在智慧上、情操上也会暴长起来的，正如他在身体上曾经暴长过的一样。理想的沙轮，是部队。丁贵甲正是日夜念念不忘地想去参军。他之所以一点也不理会“丫头们”的事，也和他的立志作解放军战士有关。他现在正是服役适龄。上个月底，刚满十八足岁。

他演戏，本来不合适，而且也未必是对演戏本身真有兴趣。真要派他一个重要一点的角色，他会以记词为苦事，背锣经为麻烦。就是现在他演一个家院，他也不~~象~~[像]个家院。不但不~~象~~[像]个家院那么低眉顺目，恭谨惶怵，而且照一个天才鼓师（这鼓师即猪倌小白，比丁贵甲还小两岁，可是打得一手好鼓）说：“你根本就一点都不~~象~~[像]一个古人！”可不是，他直直地站在台上，太健康，太英俊，实在不~~象~~[像]那么一回事，虽则是穿了老斗衣，还挂了一~~付~~[副]白满。但是他还是非常热心地去。他大概不过是觉得排戏人多，好玩，红火，热闹，大锣大鼓地一敲，哇哇地吼几嗓子，这对他的蓬勃炽旺的生命，是能起鼓扬疏导作用的。他觉得这么闹一阵，舒服。不然，这么长的黑夜，你叫他干什么去呢，难道~~象~~[像]王全似的摊开盖窝磨洗一回，就会放出更晶莹的光润。理想的火输，是部队。丁贵甲正是日夜念念不忘地想去参军。他之所以一点也不理会丫头们的事，也和他的立志作解放军战士有关。他现在正是这样。上个月底，刚满十八足岁了。

他演戏，本来不合适，而且也不是对演戏本身真有兴趣。真要演他一个重要一点的角色，他会以记词为苦事，背锣经为麻烦。就是派他演个家院，他也不象个家院。

他的角色也不好派，导演每次都考虑很久，结果总是派他演家院。

倒是打鼓师的猪倌小白，比丁贵甲还小两岁，说："可惜这孩子一点都不象一个古人！"可不是，他直直地站在台上，太健康，太英俊，跟刘生挂了一付白满。但是他还是非常担心地去。他大概不过是觉得排戏人多，好玩，红火，热闹。大锣大鼓地一敲，哇哇地吼几嗓子，这对他的蓬勃的生命，是能起鼓舞作用的。他觉得这么闹一阵，舒服。不然，这么长的黑夜，叫他干什么去呢。难道是搬开姜窝睡觉？现在冬季学习又还没有开始。

因为秋收工作已经彻底结束，地了场光，粮食入库，暂时需要松两天，所以场里决定让业余剧团演两晚上戏，劳逸结合。决定新排和重排三个戏。三个戏都有他，两个是家院，还有一（个）是中军。以前已经利用星期六，星期天拉了几场，最近三天连排三个晚上，可是他不能去，这把他着急坏了。

因为丢了一只羊，是个半大羊羔子。大前天，老九舅舅来了，早起老九和丁贵甲一起把羊放上山，晌午他就先回来了，丁贵甲一个人把羊赶回家的。入圈的时候，一数，少了一只。丁贵甲连饭也没吃，告诉小吕，叫他请大老张去跟生产队说一声，他转身就返回去找了。找了一晚上，十二点了，也没找到。前天，叫老九把羊赶回来，给他留点饭，他又一个人找了一晚上，还是没找到。回来，老九给他把饭热好了，他吃了多半碗就睡了。这两天老羊倌又没在，也没个人讨主意！昨天，生产队说：找不到，就算了，算是个事故，以后不要麻痹。看样子是找不到了，两夜了，不是叫睡觉？现在冬季学习还没有开始。

因为秋收工作已经快结束了，地净场光了，粮食入库，都在进行，所以场里决定让生产和学习结合，晚上讲课，安排和组织排练。三个讲都有他，两个是实际，还有一个是中军。以前已经到了几场，最近同志连排，三个晚上都不能去，这把他急坏了。

因为丢了一只半大羊羔子。大前天，老九当上来了。早起老九和丁贵甲一起把羊放上山，晌午他先回来了，丁贵甲一个人把羊赶回家的。下圈的时候，一数，少了一只。丁贵甲连饭也没吃，告诉老九，叫他说给老张去跟生产队说一声，他转身就又回去找了。找了一晚上，十二点了，没找到。前天，叫老九把羊赶回来，给他留点饭，他又一个人找了一晚上，还是没找到。回来，老九给他把饭热好了，他吃了多半碗就睡了。这两天老羊倌子没在，也没个人讨个主意！昨天，生产队谈了，找不到就算了，算是个事故，以后不要麻痹。看样子是找不到了，而狼了，不是叫

20×20=400（京文）

人拉走，也要叫野物吃了。但是他不死心，还要找。他上山时就带了一点干粮，对老九说："我准备找一通夜！找不到不回来。若是人拉走了，就不说了；若是野物吃了，骨头我也要找它回来，它总不能连皮带骨头全都咽下去。不过就是这么几座山，几片滩，它不能土遁了，我一个脚印一个脚印地把你盖遍了，我看你跑到哪里去！"老九说他把羊赶回去也来，还可以叫小吕一起来帮助找，丁贵甲说："不。家里没有人怎么行？晚上谁起来看羊圈？还要闷料——玉黍在老羊倌屋里，先用那个小麻袋里的。明天也该啖羊[①]了，要到生产队去领盐。小吕子不行，他路不熟，胆子也小，黑夜没有在山野里呆过。"正说着，他奶弟来了。他知道他今天来的，就跟奶弟说："我今天要找羊。事情都说好了，你请小吕陪你到办公室和生产队去一下，填一个表，我跟他说了。他现在已经上班去了，在东边果树地里，你去找他。晚上你先睡吧，甭等我。我叫小吕给你借了几本小人书，你看。要是有什么问题，你先找一下大老张，让他告

①以盐喂牲畜，谓之啖。本来说作"淡"，但一般都写为啖，姑从之。

人䲣去，也要叫野物吃了。但是化不了心，还要找。他上山时就带了一点干粮，对老九说："我总有个一道在！我不到不回来。若是人拉走了，就不说了；若是野物吃了，骨头我也要找它回来。它总不能连皮带骨头全都咽下去。不过就这么几座山，它不能土遁了，我一个脚印一个脚印地把你盖遍了，我看你跑到哪里去！"也老九说他把干粮回去也来，还可以叫小包一起来帮助找，丁贵甲说："不，家里没有人怎么行？晚上谁起来看看圈？还要闹料——玉泰要老羊倌在山里。先用那个小麻袋里的。"

[illegible] 小包子不行，他路不熟，胆子也小，黑夜没有走山路里是过。"也正说着，他好弟来了。他知道他今天来的。就跟好弟说："我今天要找羊，事情都说好了，你请小包陪你到村子 [illegible]……我跟他说了。[illegible] 晚上你去睡吧，前……我叫小包给你借了几本小人书，你看。要是有什么问题，你先找一下大老张，让他告

给你。”

晚上，老九和留孩都已经睡实了，小吕也都正在迷糊着了——他们等着等着都困了，忽然听见他连笑带嚷地来了：

“哎！——找到啦！——找到啦！——还活着哩！哎！快都起来！都起来！找到啦！我说它能跑到哪里去呢！哎——”

这三个人赶紧一骨碌都起来，小吕还穿衣裳，老九是光着屁股就跳下床~~下~~[来]了。留孩根本没脱——他原想等他奶哥的，不想就这么睡着了，身上的被子也不知是谁给搭上的。

“找到啦？”

“找到啦！”

“在哪儿哪？”

“在这儿哪。”

原来他把自己的皮袄脱下来给羊~~【是】~~包上了，所以看不见。大家于是七手八脚地给羊舀一点水，又倒了点精料让它吃。这羔子，饿得够呛，乏得不行啦。一面又问：

“在哪里找到的？”

“怎么找到的？”

给你。」

老九和留孩都已经睡实了，小吕也都正在迷糊着了——他们等着等着都睏了，忽然听见他连笑带嚷地喊了：

「哎，找到啦！找到啦，还活着呢，哎！快都起来！都起来！找到啦！你说，它能跑到哪里去呢！哎——」

这一下，大伙儿一骨碌都起来，小吕还穿衣裳，老九已经光着屁股跳下床来了。留孩根本没脱——他原想等他爸爸的，不想就这么睡着了，身上的被子也不知道谁给他搭上的。

「找到啦？」

「在哪儿呢？」

「在这儿呢。」

原来他把自己的衣服脱下来给羊羔盖上了，所以看不见。只露出四个小脚。也给羊饮了一点水，又倒了点精料让它吃。这羊羔，饿得够呛，渴得不行啦。一面又问：

「在哪里找到的？」

「怎么找到的？」

“黑咕咚咚的，你咋看见啦？”

丁贵甲一边嚼着干粮（他干粮还没吃哩），一面喝水，一面说：

“我哪儿哪儿都找了。沿着我们那天放羊走过的地方，来回走了三个过儿——前两天我都来回地找过了：没有！我心想：哪儿去了呢？我一边找，一边捉摸它的个头、长~~象~~[相]，想着它的叫声，忽然，我想起：叫叫看，怎么样？试试！我就叫！满山遍野地叫。不见答音。四外静悄悄地，只有宁远铁厂的吹风机好~~象~~[像]远远地呼呼地响，也听不大真切，就我一个人的声音。我还叫。忽然，——‘咩～～～’我说，别是我耳朵听差了音，想的？我又叫——‘咩～～～咩～～～’这回我听真了，没错！这还能错？我天天听惯了的，娇声娇气的！我赶紧奔过去——看我肐膝上摔的这大块青，——破了！路上有棵新伐树桩子，我一喜欢，忘了，叭叉摔出去丈把远，喔唷，真他妈的！肿了没有？老九，给我拿点碘酒——不要二百二，要碘酒，妈的，辣辣的，有劲！——把我帽子都摔丢了！我找了羊，又找帽子。找

「里咕噜咚的，俺咋看见啦？」

丁贵甲边嚼着干粮（伙子粮还没吃哩），一面喝水，一面说：

「我哪儿哪儿都找了。沿着我们那天铡草走过的地方，来回走了三个过儿——前两天我都来回地找过了：没有！我心想：哪儿去了呢，找一丑找，一边摸它的个头、长毛，想着它的叫声，忽然，我想起：叫叫看，怎么样？试试！我就叫！满山遍野地叫。不见答音。四外静悄悄的，只有宁远铁厂的吹风机好象远远地呼呼地响，之外不大真切，就我一个人的声音。我还叫，忽然，『咩——』我说，别是我耳朵听差了音，想的？我又叫。『咩～～咩～～』这回我听真了，没错！这还能错？我又大吼着了的，娇声娇气的（破了）！我提腿奔过去——看我肚膝上摔的这大块青。跑上有棵刺槐树（插上），我一喜欢，忘了，从头摔出去丈把远，嘘嘘，真他妈的，哑了没有？老九，给我拿点碘酒——不要二百二，要碘酒，妈的，辣辣的，有劲！把我帽子都摔丢了！我找了羊，又找帽子。我

四 39

58

帽子也找了半天！真他妈缺德！他早不伐树晚不伐树，赶爷要找羊了，他伐树！

“你说在哪儿找到的？太史弯不有个荒沙梁子吗？拐弯那儿不是叫山洪冲了个豁子吗？笔陡的？那底下不是坟滩吗？前天，老九，我们不是看见人家迁坟吗，刨了一半，露了棺材，不知（为）什么又不刨了！这毬东西，爷要打你！它不是老爱走外手边[①]吗，大概是豁口那儿沙软了，往下塌，别的羊一挤，它就滚下去了！有那么巧，可可掉在坟窟窿里！掉在烂棺材里！出不来了！棺材在土里埋了有日子了，~~槽~~[糟]朽了，它一砸，就折了，它站在一堆死人骨头里，——那里头倒不冷！不然饿不杀你也冻杀你！外边挺黑。可我在黑里头久了，有点把星星的光就能瞅见。我又叫一声——‘咩～～～’不错！就在这里。它是白的，我模模糊糊看见有一点白晃晃的，下面一摸，正是它！小东西！可把爷担心得够呛！累得够呛！明天就叫伙房宰了你！我看你还爱走外手边[①]！还爱走外手边？唔？”

等羊缓过一点来，有了精神，把它抱回羊圈里去，收拾睡下，已经是后半夜了。

①外手边是右边。这本来是赶车人的说法。赶车人都习惯于跨坐在左辕，所以称左边为里手边或里边，右边为外手边或外边。

〔加六字线〕

楷子也，我了半天！真他妈缺德！他早不代树晚不代树，趕爷要我笔了，他代树！

可你说，那儿找别的？太史管不有个荒沙梁子吗？揭穿那儿不是叫山洪冲了个豁子吗？華陸的？那底下不是坟溯吗？前天，老九，我们不是看见人家迁坟吗，刨了一半，露了棺材，不知什么又不刨了！这缺东西，爷要打你！把不是老爱走外手边①吗？大概是豁口那儿沙软了，往下塌，别的一挤，它就滚下去了！有那么巧，巧巧掉在坟窟窿里！掉在烂棺材里！棺里土里埋了有日子了，糟朽了，它一砸，就折了，它自然就是一根死人骨头里，外边提里一口子，我在里里头久了，有点把里里的光就能瞅见，我又叫一声，"咩——"，不错！就在这里。它是白的，我模模糊糊看见有一点白朦朦的，下面一摸，正是它！小东西！可把爷担心得够呛；累得够呛！明天就叫你，房宰了你！我看你还爱走外手边！还爱走外手边？……比

趕羊伐过一点来，有了精神，把它扛回羊圈里去。已经是後半夜了。

①外手边是右边。它本来是赶车人的话。赶车人都习惯于用里手边、外手边称左右辕，所以往左边为里手边或里边，右边为外手边或外边。

今天，白天他带着留孩上山放了一天羊，告诉他什么地方的草好，什么地方有毒草。几月里放阳坡，上什么山；几月里放阴坡，上什么山；什么山是半椅子臂[1]，该什么时候放。哪里蛇多，哪里有个暖泉，哪里地里有碱。看见大栅栏落下来了，千万不能过——火车要来了。片石山每天十一点五十要放炮崩山，不能去那里……其实日子长着呢，非得赶今天都告诉你奶弟干什么？

晚上，烧了一个小吕在果园里拾来的刺猬，四个人吃了，玩了一会，他就急急忙忙去侍候他的家爷和元帅去了，他知道奶弟不会怪他的。到这会还不回来！

五、夜，正在深浓起来

小吕从来没放过羊，他觉得很奇怪，就问老九和留孩：

“你们每天放羊，都数么？”

留孩和老九同声回答：

“当然数，不数还行哩？早起出圈，晚上

①手稿中此处无注释，原刊编者批注“待问作者加注”。初刊本此处注有“南北方向的小岭，两边坡上都常见阳光，形状略似椅臂”。——整理者注

　待问作者加注。

今天，白天他带着留孩上山放了一天羊，告诉他什么地方的草好，什么地方有毒草。什么时候放阳坡（上什么山），什么时候放阴坡（上什么山），什么山上羊样上眼睛，该什么时候放，哪里好走，哪里有个旋泉，哪里地里有骷髅，看见大栅栏落下来了，千万不能过——火车要来了，片石山要放炮崩（每天十一点五十）山，……不能去那里……其实日子长着哩，非得这会天都告诉你，好干什么？

晚上，烧了一个小鸟在果园里捉来的刺猬，四个人吃了，玩了一会，他就急急忙忙去侍候他的富爷和元帅去了，他知道奶奶不会怪他的。到这会还不回来！

二号老宋　二楼之一占四行

他，~~正在深深想起来~~

「小吕从来没放过羊，他觉得很有趣，缠问老九和留孩：

「你们每天放羊，都放在哪？」

留孩和老九同声回答：

「哪里都放，不放还行哩？早起去园，晚上

回来进圈，都数。不数，丢了你怎么知道？”

“那咋数法？”

咋数法？留孩和老九不懂他的意思，两个人互相看看。老九想了想，哦！

“也有两个一数的，也有三个一数的，数得过来五个一数也行，数不过来一个一个地数！”

“不是这意思！羊是活的嘛！它要跑，这么窜着蹦着挨着挤着，又不是数一笸箩梨，一把树码子，摆着。这你怎么数？”

老九和留孩想一想，笑起来。是倒也是，可是他们小时候放羊用不着他们数，到用到自己数的时候，自然就会了。从来没发生这样的问题。老九又想了想，说：

“看熟了。羊你都认得了，不会看花了眼的。过过眼就行。猪舍那么多猪，我看都是一样。小白就全都认得，小猪娃子跑出来了，他一把抱住，就知往哪个圈里送。也是熟了，一样的。”

小吕想象，若叫自己数，一定不行，非数乱了不可！数着数着，乱了——重来；数着数着，乱了——重来！那，一天早上也出不了圈，晚上也进不了家，净来回数了！他想着那情景，不由得嘿嘿地笑起来，下结论说：

“真是隔行如隔山。”

老九说：

回来过园，都数。不数，丢了你怎么知道？」

「那咋数法？」

咋数法？西孩和老九不懂他的意思，两个人互相看看。老九想了想，唉！

「一棵两个一数的，一个三个一数的，数得过来五个一数也行，数不过来一个一个地数也行！」

「不是这意思！」羊生说得满！它要跑，（又不是数一笸箩梨，一把树码子，摆着。）这么家着骗着挤着挤着，你怎么数？」

老九和西孩想一想，笑起来。是的也是。可是他们小时候放羊用不着他们数，到用到自己数的时候，（从来没发生过这样的问题）自然就会了。老九想了想，说：

「看熟了。羊你都认得了，不会看花了眼的。过过眼就行，（猪舍那么多猪，我看都熟，一样，小白就全都认得，小猪娃子放出来，他一把抱住，）就和数那个圈里的一样的。」

小的想家，要叫自己数，一定不行，非数乱了不可：数着数着，乱了——重来！数着数着，乱了——重来！那一天早也来不了圆，脸上也过不了家，净来回数了！他想着那情景，不由得嘿嘿地笑起来。不法论说：

「真真阳行如阳山。」

老九说：

“我看你给葡萄花去雄授粉，也怪麻烦的！那么小的花须，要用镊子夹掉，还不许蹭着柱头！我那天夹了几个，把眼都看酸了！”

小吕又想起昨天晚上丁贵甲一个人满山叫小羊的情形，想起那么黑，那么静的，就只听见自己的声音，想起坟窟窿，棺材，对留孩说：

“你奶哥胆真大！”

留孩说：“他现在胆大，人大了。”

小吕问留孩和老九：

“要叫你们去，一个人，敢么？”

老九和留孩都没有肯定地回答。老九说：

“丁贵甲叫羊急的，就是怕，也顾不上了。事到临头，就得去。这一带他也走熟了。他晚上排戏还不老是十一二点回来。也就是解放后。我爹说，十多年头里，过了扬旗，晚上就没人敢走了。那里不清静，劫过人，还把人杀了。”

“在哪里？”

“过了扬旗。准地方我也不知道。”

…………

“——这里有狼么？”小吕想到狼了。

「我看你给葡萄花来栽培，怪麻烦的！
那么小的东西，要用镊子夹掉，还不许蹭着
枝头！我那天来了几个，把眼都看酸了！」

小三又想起昨天晚上丁贵甲一个人
满山叫小三的情形，想起那夜里，
那夜静得，就只听见自己的声音。想起攻
岩窟，搜林，对留孩说：

「你好哥胆真大！」

留孩说：「他比鬼胆大。」

小三向留孩和老九：

「要叫你们去，一个人，敢不敢？」

老九和留孩都没有肯定的回答。老九说：

「丁贵甲叫羊意的，就是怕也顾不上了，事到临头，就得去。这一
带他也走熟了。他晚上排哨还不是走是十一二
这回来，也就是解放后。我常说，十多年来里，
过了扬旗，晚上就没人敢走了。那里不清静，
常住的人，还把人截了。」

「在哪里？」

「过了扬旗。半地方我也不知道。」

「这里有狼么？」小三忽然想到狼了。

“有。”

“河南狼多，”留孩说，“这两年也少了。”

“他们说是五八年大炼铁钢炼的，到处都是火，烘烘烘，狼都吓得进了大山了。有还是有的。老郑黑夜浇地还碰上过。”

“那我怎么下了好几个月夜，也没碰上过？”

“有！你没有碰上就是了。要是谁都碰上那成了口外的狼窝沟了！这附近就有，还来果园。你问大老刘，他还打死过一只——一肚子都是葡萄。”

小吕很有兴趣了，留孩也奇怪，怎么都是葡萄，就都一起问：

“咋回事？咋回事？”

“那年，还是李场长在的时候哩！葡萄老是丢，而且总是丢白香蕉。大老刘就夜夜守着，原来不是人偷的，是一只狼。李场长说：‘老刘，你敢打么？’老刘说，‘敢！’老刘就对着它每天来回走的那条车路，挖了一道~~濠~~[壕]子，趴在里面，拿上枪，上好子弹，等着——”

“什么枪，是这支火枪么？”

“不是，”老九把羊舍的火枪往身边靠

黄永玉　绘

「有！」

「河南狼多！」苗孩说。「这两年也少了；

「他们说是五八年大炼钢铁炼的，到处都是火，烘烘烘，狼都吓得进了大山了。」（有还是有的。老郑果然说他还碰上过。）

「那我怎么下了好几个月夜，也没碰上过！」

「有！你没有碰上就是了。空里很静，都碰上那晚上，口外的狼高溜了！你问问老刘，他还打死过一只——一肚子都是葡萄。」

小苗很有兴趣了。苗孩也多样，怎么都是葡萄。就都一起问：

「哪回事？哪回事？」

「那年，还是李的长工的时候吧！葡萄老是丢，而且总是香日香蕉？老刘就夜夜守着。原来不是人偷的，是一只狼，一样的去说：「老刘，你，你就打死了？」老刘就有握住着它每天来回走的那条车辙，挖了一道深壕，上面盖上枝，上面子弹，等着——」

「什么，枪，是这支大枪么？」

「嗯。」

「不是它是老北京呢把草拿回大枪往身边靠

了靠，说，“是老陈守夜的快枪——等了它三夜，来了！一枪就给撂倒了。打开膛：一肚子都是葡萄，还都是白香蕉！这老家伙可会挑嘴哩，它也知道白香蕉葡萄好吃！”

留孩说：“狼吃葡萄么？狼吃肉，不是说‘狼行千里吃肉’么？”

老九说：“吃。狼也吃葡萄。”

小吕说：“这狼大概是个吃素的，是个把斋的老道！”

说得留孩和老九都笑起来。

“都说狼会赶羊，是真的么？狼要吃哪只羊，就拿尾巴拍拍它，~~象~~[像]哄孩子一样，羊就乖乖地在前头走，是真的么？”

“哪有这回事！”

“没有！”

“那人怎么都这么说？”

“是这样——狼一口咬住羊的脖子，拖着羊，羊疼哩，就走，狼又用尾巴抽它，——哪是拍它！嗯撒——嗯撒——嗯撒，看起来轻轻的，你看不清楚，就~~象~~[像]狼赶羊，其实还是狼拖羊。它要不咬住它，它跟你

「？」是老陈守夜的伙伴——养了它三年，
来了！一棍就给摆倒了。打开膛：一肚子都是
葡萄，还都是白香蕉！这老家伙可会挑，嘿，
它也知道白香蕉葡萄好吃！」
留孩说：「狼吃葡萄麽？狼也吃肉，
不是说『狼行千里吃肉』麽？」
老九说：「吃，狼也爱吃葡萄。」
小吕说：「这狼大概是個吃素的，是個把
斋的老道！」
说得留孩和老九都笑起来。
「都说狼会赶羊，是真的麽？狼要吃哪只
羊，就拿尾巴拍拍它，羊就乖乖地在前头走，是
真的麽？」
「哪有这回事！」
「没有！」
「那么怎麽都这麽说？」
「是这样——狼一口咬住羊的脖子，拖着
羊，羊疼哩，就走。狼用尾巴抽它，——那里拍它！——呜
——呜——呜哇，你看不清楚，就像狼赶
羊。其实还是狼拖羊。它要不咬住它，它跟你

走才怪哩！”

“你们看见过么？留孩，你见过么？”

“我没见过，我是在家听贵甲哥说过的。贵甲哥在家给人当羊伴子时候，可没少见过狼。他还叫狼吓出过毛病，这会不知好了没有，我也没问他。”

这连老九也不知道，问：

“咋回事？”

“那年，他跟上羊倌上山了。我们那里的山高，又陡，差不多的人连羊路都找不到。羊倌到沟里找水去了，叫贵甲哥一个人看一会。贵甲哥一看，一群羊都惊起来了，一个一个~~拸~~[哆]里~~拸~~[哆]擻的，又低低地叫唤。贵甲哥心里嗵通一下——狼！一看，灰黄灰黄的，毛茸茸的，挺大，就在前面山杏丛里。旁边有棵树，吓得贵甲哥一~~窜~~[蹿]就上了树。狼叼了一只大羔子，使尾巴赶着，嘿啦一下子就从树下过去了，吓得贵甲哥尿了一裤子。后来，只要有点着急事，下面就会津津地漏出尿来。这会他胆大了，小时候，——也怕。”

走才怪哩！」

「俺们看见过虎？啥样，俺见过虎？」

「我没见过，我是在家听黄甲哥说过的。黄甲哥在家给人当土羊伴子时候，可没少见过狼。~~他还叫狼咬出过毛病，这会不知好了没有，我也没问他。」~~

这连老九也不知道，问：

「咋回事？」

「那年，他跟上羊倌上山了。我们那里山山高，又陡，差不多的人连羊踪都找不到。羊倌到沟里找水去了，叫黄甲哥一个人看一会。黄甲哥一看，见一群羊都惊起来了，一个一个挪窝挪窝的，低低地叫唤。黄甲哥心里思道一下是狼！一看，灰黄灰黄的，大尾巴毛茸茸的，就在前面山杏丛里。旁边有棵树，吓得黄甲哥一窜就上了树。狼叼了一只大羔子，拖尾巴翘着，嗖嗖一下子就从树下过去了，吓得黄甲哥在上一跌子。~~摔下来，足有三四丈高，下向就会津沁漏出尿来。~~这会他胆大了，小时候也怕。」

“前两天丢了羊，也着急了，咱们问问他尿了没有？”

“对！问他！不说就扒他的裤子检查！”

茶开了。小吕把沙锅端下来，把火边的山药翻了翻。老九在挎包里摸了摸，昨天吃剩的朝阳瓜子还有一把，就兜底倒出来，一边喝着高山顶，一边嗑瓜子。

“你们说，有鬼没有？”这回是老九提出问题。

留孩说：“有。”

小吕说：“没有。”

“有来，”老九自己说，“就在咱们西南边，不很远，从前是个鬼市，还有鬼饭馆。人们常去听，半夜里，乒乒乓乓地炒菜，勺子铲子响，可热闹啦！”

“在哪里？”这小吕倒很想去听听，这又不可怕。

“现在没有了。现在那边是兽医学校的牛棚。”

“哎噫——”小吕失望了，“我不相信，这不知是谁造出来的！鬼还炒菜？！”

「前两天来了算，也看见了，咱们问问他

原了：「没有！」

「问他！不说就扒他的裤子打屁！」

茶开了。小吕把沙锅端下来，把火边的山药翻了翻。老九在挎包里摸了摸，昨天吃剩的朝阳瓜子还有一把，就从衣兜倒出来，一边望着高山顶，一边嗑瓜子。

「你们说，有鬼没有？」这回是老九提出问题。

当孩说：「有。」

小吕说：「老师说没有。」

「有来，」老九自己说，「就在咱们西南边，不很远，从前是个鬼市，还有鬼饭馆。人们常去听，半夜里，乒乓乒乓地炒菜，铲子杓子响，可热闹哩！」

「在那里？」这下小吕倒很想去听听，这又不害怕了。

「现在没有了。现在那边是兽医学校的牛棚。」

「哎嘻——」小吕失望了，「我不相信，这不就是谁造出来的！鬼还炒菜？」

47

留孩说："怎么没有鬼？我听我大爷说过：——

"有一帮河南人，到口外去割莜麦。走到半路上，前不巴村，后不巴店，天也黑夜了，有一个旧马棚，空着，也还有个门，能插上，他们就住进去了。在一个大草滩子里，没有一点人烟。都睡下了。有一个汉子烟瘾大，点了个~~腊~~[蜡]头在抽烟。听到外面有人说：

"'你老们，起来撒尿时多走两步噢，别尿湿了我这疙瘩毡子，我就这么一块毡子啊！'

这汉子也没理会，就答了一声：

"'知道啦。'

一会儿，又是：

"'你老们，起来撒尿时多走两步噢，别尿湿了我这疙瘩毡子，我就这么一块毡子啊！'

"'知道啦。'

一会会，又来啦：

"'你老们，起来撒尿时多走两步噢，我就这么一疙瘩毡子！'

"'知道啦！你怎么这么~~噜嗦~~[啰嗦]啊！'

"'我怎么~~噜嗦~~[啰嗦]啦？'

留孩说：

「怎么没有鬼？我听我大爷说过：

「有一帮河南人，到口外去割莜麦，走到半路上，前不巴村，后不巴店，天也黑夜了，有一个旧马棚，空着，也还有个门，能掩上，他们就住进去了。在一个大草滩子里，没有一点人烟。都睡下了。有一个汉子烟瘾大，点了个蜡头在抽烟。听到外面有人说：

「你老伯，起来撒尿时多走两步噢，别尿湿了我这疙瘩毡子，我就这么一块毡子啊！」

这汉子也没理会，就答了一声：

「知道啦。」

一会儿，又是：

「你老伯，起来撒尿时多走两步噢，别尿湿了我这疙瘩毡子，我就有这么一块毡子啊！」

「知道啦。」

一会会，又来啦：

「你老伯，起来撒尿时多走两步噢，我就这么一块毡子！」

「知道啦！你怎么这么啰嗦啊！」

「我怎么啰嗦呢？」

"'你就是~~噜嗦~~[啰嗦]！'

"'我怎么~~噜嗦~~[啰嗦]！'

"'你~~噜嗦~~[啰嗦]！'

"两个就隔着门吵起来，越吵越凶。外面说：

"'你敢给爷出来！'

"'出来就出来！'

"那汉子伸手就要拉门，回身一看：所有的人都拿眼睛看住他，一起轻轻地摇头。这汉子这才想起来，吓得脸煞白——"

"怎么啦？"

"外边怎么可能有人啊，这么个大草滩子里？撒尿怎么会尿湿了他的毡子啊？他们都想，来的时候仿佛离墙不远有一疙瘩土，~~象~~[像]是一个坟。这是鬼，~~【是】~~也是~~象~~[像]他们一样背了一块毡子来割莜麦的，死在这里了。这大概还是一个同乡。

"第二天，他们起来看，果然有一座新坟。他们给他加加土，就走了。"

这故事倒不怎么可怕，只是说得老九和小吕心里都为这个客死在野地里的只有一块毡子的河南人很不好受。夜已经很深了，他们也不想喝茶了，瓜子还剩一小撮，也不想吃了。过了

「你就是嘴硬！」

「我怎也嘴硬！」

「你嘴硬！」

两个就隔着门吵起来，越吵越凶。外面说，

「你敢给爷出来！」

「出来就出来！」

那汉子伸手就要拉门，回头一看，所有的人都拿眼睛看着（住）他，一起轻轻地摇摇头。这汉子这才想起来，吓得脸煞白——」

「怎么啦？」

「外边怎么了？所有人都吓了，撤麻怎么会麻达（这么大草堆子里？）

了他们这下明白了？他们都想，来的时候仿佛就猜不透有一疙瘩土，实是一个坟。这是鬼，是也是象他们一样背了一疙瘩（块）还子来割莜麦的，死在这里了。这大概还是一个同乡。

「第二天，他们起来看，果然有一堆野坟。他们给他加加土，就走了。」

这故事倒不怎么可怕，只是说得老九和小昌心里很不好受。（都为这个客死在异乡的……只有一块还子的孤魂人难过）夜已很很深了，他们也不想喝茶了，瓜子还剩一小撮，也不想吃了。过了一会，小吕说：

“真正可怕的还是人。前两天，有一队重刑劳改犯人在凿石头，里头有个犯人，谁走过他都拿眼睛看你。那眼睛，那么阴森森的，真可怕，看得你浑身都不舒服。那几个女工下班时都不敢从那里走，绕着走。你不信问问恽美兰。这一定是个很恶很恶的人。”

忽然，老九的脸色一沉：

“什么声音？”

是的！轻轻地，但是听得很清楚，有点~~象~~[像]羊叫，又不太~~象~~[像]。老九一把抓起火枪：

“走！”

留孩立刻理解：羊半夜里从来不叫，这是有人偷羊了！他跟着老九就出来。两个人直奔羊圈。小吕抓起他的标枪，也三步抢出门来，说：“你们去羊圈看看，我在这里，家里还有东西。”

老九、留孩用手电照了照几个羊圈，都好好地，羊都安安静静地卧着，门、窗户，都没有动。正察看着，听见小吕喊：

“在这里了！”

可删

了会，小昌说：

「真正可怕的还是人。前两天，有一队押着重刑犯人在石头，里头有个犯人，谁走过他都拿眼睛看你。那眼睛，那么阴森森的，真可怕，看得你浑身都不舒服。那几个女工下泥的都不敢从那里去，绕着走。你不信问问焊工兰菊。这一定是个很凶很恶的人。」

忽然，老九的脸色一沉，「什么声音？」

是的！静静地，但是听得很清楚，有点象羊叫，又不太象。老九一把抓起火枪：

「走！」

留孩立刻理解：羊在夜里从来不叫，这里有人偷羊了！他跟着老九就走来。两个人直奔羊圈。小留孩抓起他的擀杖，也三步抢出门来。说：「你们去羊圈看看，我去这里，家里还有东西！」

老九、留孩用手电照了照几个羊圈，都好好的，羊都安安静静地卧着。门、窗户，都没有动。正察看着，听见小昌喊：

「在这里了！」

四50

他们飞跑回来，小吕正闪在门边，握着标枪，瞄着屋门：

“在屋里！”

他们略一停顿，就一齐踢开门进去。外屋一照，没有。上里屋。里屋灯还亮着，没有。床底下！老九的手电光刚向下一扫，听见床下面“扑嗤”的一声——

“他妈的，是你！”

“好！你可吓了我们一跳！”

丁贵甲从床底下爬出来，一边爬，一边笑得捂着肚子。

“好！耍我们！打他！”

于是小吕、老九一齐扑上去，把丁贵甲按倒，一个压住脖子，一个骑住腰，使劲打起来。连留孩也上了手，拽住他企图往上翻拗的腿。一边打，一边说，骂；丁贵甲在下面一边招架，一边笑，说。

“我看见灯……还亮着……我说，试试这几个小鬼！……我早就进屋了！拨起门划，躲在外屋……我嘻嘻嘻……叫了一声，听见老九，嘻嘻嘻嘻——”

他们飞跑回来，小石头正向屋门边，握着标枪，四面团团，瞄着屋内：

"在屋里！"

他们略一停顿，就一齐踢开门进去。外屋一些，没有。上里屋。里屋灯还亮着，没有。床底下！老九的手电光刚向下一扫，听见床下向了扑嗒的一声——

"你妈的，是你！"

"好！你吓了我们一跳！"

丁贵甲从床底下爬出来，一边爬，一边笑着捂着肚子。

"好！耍我们！打他！"

于是小石、老九一齐扑上去，把丁贵甲按倒，一个压住腿子，一个骑住胳膊，使劲打起来。连小孩也上了手，揪住他在圆往上翻翻的肥肉。一边打，一边说，骂；丁贵甲在下面一边挣扎，一边笑，说。

"我看见灯……还亮着……我说，试试这几个小鬼！……揪起门帘，躲在外屋……我开门就进屋了，我嘻嘻嘻……叫了一声，听见老九，嘻嘻嘻嘻——"

“你他妈！你他妈！我听见‘哞——咩’的一声，~~象~~[像]是只老公羊！是你！这小子！这小子！”

“老九……拿了手电嘻嘻就……走！还拿着你娘的……火枪嘻嘻，呜噫，别打头！小吕嘻嘻嘻拿他妈一根破标……枪嘻嘻，你们只好……去吓鸟！”

“这小子！小子！我听见！屋里！~~刷拉~~[唰啦]！一声！我就喊——”

“‘在……在这里……了’。嘻嘻嘻嘻……还堵嘻堵着……门哩……”

这么一边说着，打着，笑着，滚着，闹了半天，直到丁贵甲在下面说：

“好香！煸了……山药……煸了！哎哟……我可饿了！”

他们才放他起来。留孩又去捅了捅炉子，把高山顶又坐热了，大家一边吃山药，一边喝茶，一边又重复地演述着刚才的经过。

“我听见唔呼的一声……”

“老九拉开门——也不想想门原来是插着的——就是！留孩倒不错，跟着……”

「你们妈！你们妈！我听见“嘭——呼”的一声，家业全光了！是你！这小子！这小子！」

「老九……拿了……喷了吧嗒吧嗒就……走！还拿着你娘的……火松嗒嗒，呜嗒，别打头！小心嗒嗒嗒嗒拿他妈一根破杆……枪嗒嗒，你们是好……去吓鸟！」

「这小子！小子！我听见！屋里！刷拉！一声！我就喊——」

「我……在这里……嗒嗒嗒嗒……还嗒嗒嗒着……门哩……」

这席，也说着，打着，哭着，滚着，闹了半天，直到了黄甲上下面说：

「好香！熄了……山药……熄了！哎哟……我可饿了！」

他们才放他起来。留孩又去捕了捕炉子，把高山顶又坐热了，大家一边吃山药，一边喝茶，一边又重复地演述着刚才的经过。

「我听见嗒嗒的一声……」

「老九拉开门——也不想想门还未来推着的——就走！留孩倒不错，跟着……」

“我听见~~唰拉~~[唰啦]一声，从外屋到里屋去了……”

“我实在忍不住了，扑嗤笑出来，不然……”

“不然，一标枪就扎到你头上！……”

“我听见扑嗤一声，我听出来了，这是贵甲哥……”

他们吃着，喝着，说了又说，笑了又笑。当中又夹着按倒，拳击，捧腹，搂抱，表演，比划。他们高兴极了，快乐极了，简直把这间小屋要闹翻了，涨破了，这几个小鬼！他们完全忘记了现在是很深的黑夜。

他们为什么这么高兴呢？

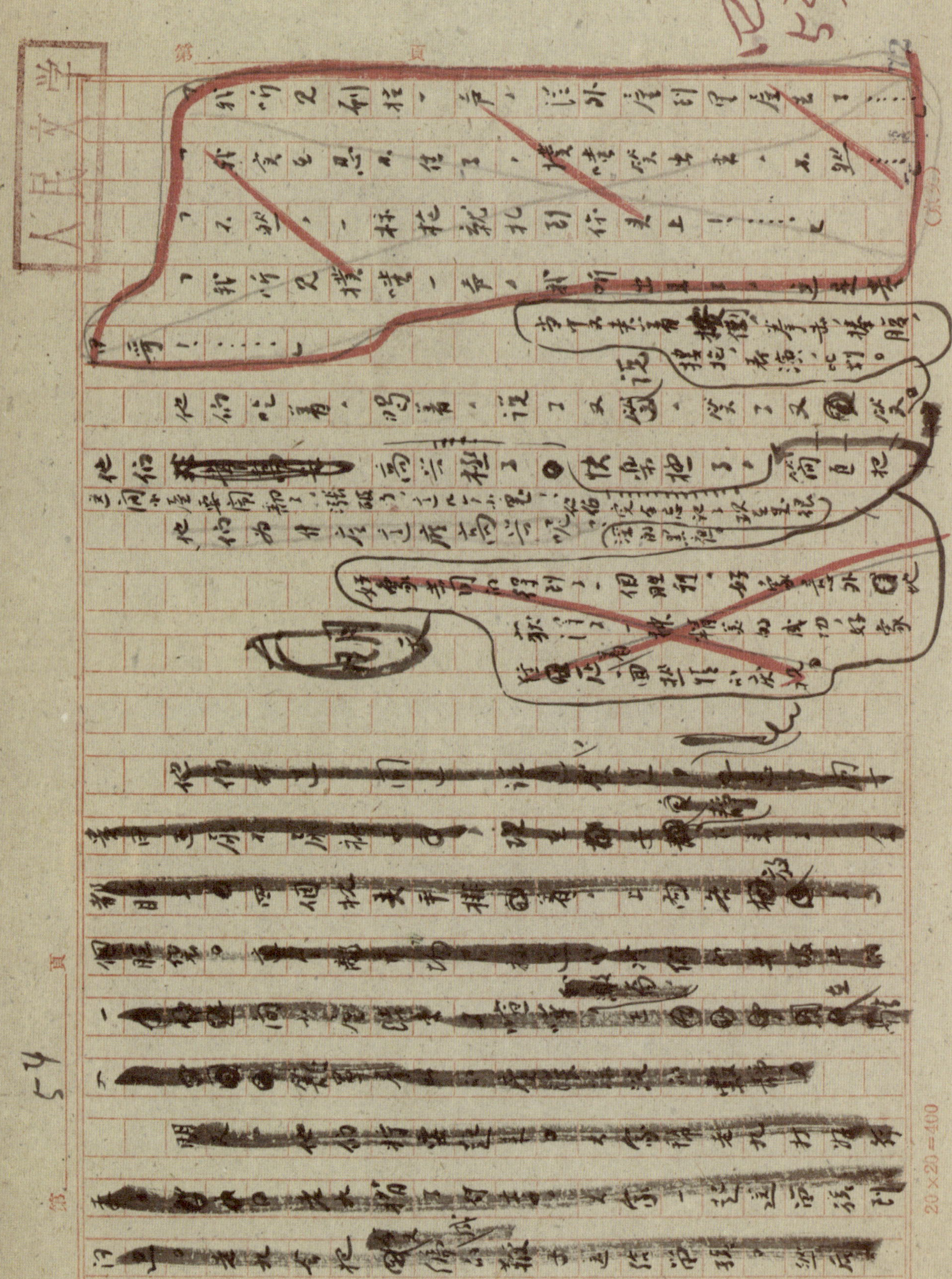

六、明天

明天，他们还会要回味这回事，还会说、学、表演、大笑，而且等张士林回来一定会告诉张士林，会告诉陈素花，并且也会说给大老张听的。……他们觉得好玩极了，有趣极了。将来有一天，他们聚在一起，还会谈起这一晚上的事，还会觉得非常愉快。他们笑够了，闹够了，现在都安静了，睡下了。起先，隔不一会还有人含含糊糊地说一句什么，不知是醒着还是在梦里，后来就听不到一点声息了。这间在昏黑中哗闹过、明亮过的半坡上的羊舍屋子，正在沉静下来，在拥抱着四山的广阔、丰美、充盈的暗夜中消融。一天就这样~~的~~[地]过去了，夜晚也正在过去。夜在进行着，夜和昼在渗入、交递，开往首都去的 216 次列车也正在轨路上奔驶。

明天，他们将要起来，又是一天了。小吕将会去找黄技师，置办他的心爱的嫁接刀。老九在大家的帮助下，会把行李结束起来，走上他

黄永玉　绘

六、明天

明天，他们还会要回味这回事，还会说、学、表演、大笑，等张士林回来一定会告诉张士林，会告诉陈田、素花……（并且也会说给丁贤听的。）他们觉得好玩极了，有趣极了。将来有一天，他们在一起，还会谈起这一晚上的事，还会觉得非常愉快。他们笑够了，闹够了，现在都安静了，睡下了。经过，隔不一会，还有人含含糊糊地说一句什么，不知道谁还在梦里嘻嘻，后来就听不到一点声息。这间在昏黑中喧闹过、明亮过的羊舍屋子，也在沉静下来，和外面无数花有四山的广阔、丰美、充盈的暗夜中消融。一天就这样的过去了。夜晚也正在过去。夜在进行着，（但和画在渗入、交通，）首都去的那一次列车正在轨道上奔驶。

明天，他们将要起来，就又是一天了。小吕将会去找黄技师，托他上北京时给自己捎一把小的嫁接刀。老九在大家的帮助下，会把什么事都想起来。老三他

自从有了树剪子，他又觉得有一把手用的嫁接刀，对于一个真正的果园技工是非常必要的了。

结束

当一个钢铁工人的路。老九将把他新编得的羊鞭交给留孩。留孩将要来这个“很好的”农场里当一个新的一代的牧羊工。征兵的消息已经传开，说不定场子里明天就接到通知，叫丁贵甲准备到小吕的爹所在的医院里去参加体检，准备入伍、受训，在他所没有接触过的山水风物之间，在兰[蓝]天或绿海上，戴起一顶缀着星徽的军帽。这些，都在夜间趋变为事实。

这也只是一个平常的夜。但是人就是这样一天一天，一黑夜一黑夜地长起来的。正如同庄稼，每天观察，差异也都不太明显，然它发芽了，出叶了，拔节了，孕穗了，抽穗了，灌浆了，终于成熟了。这四个现在在一排并睡着的孩子（四个枕头各托着一个蓬蓬松松的脑袋），他们也将这样发育起来。他们在党的无远弗及的阳光的照煦之下，经历一些必要的风风雨雨，都将迅速、结实、精壮地成长，身体和心灵。他们将依循不同的气质、禀赋，各各发展为不同当一个钢铁工人的路。老九把他们[illegible]的羊群交给留孩。留孩将来了接我的农场里当一个牧羊工。征兵的消息已经传开，说不定过了明天就接到通知，叫丁贵甲准备到医院里去参加体检，准备入伍、受训，在那个他们没有去过的山水风物之间，戴起一顶缀着星徽的军帽。这些，都在枕间造成事实。

这也只是一个平常的夜。但是人就是这样一天一天，一黑夜一黑夜地长起来的。正如同庄稼，每天观察，差异也都不太明显，但它发芽了，出叶了，拔节了，孕穗了，抽穗了，灌浆了，结了成熟了。

现在，一排并睡着的孩子，四个枕头托着一个个蓬松松的脑袋。他们也将这样成长起来。[illegible]阳光照下，经历一次一次的风风雨雨，都将迈进，结成[illegible]

的态度和风格，但是必然都会很有为，并且美好。他们将一定能够承担他们乐于承担的责任，并且击退一切敢于加临的进袭！

现在，他们都睡了。灯已经灭了。炉火也封住了。但是从煤块的缝隙里，有隐隐的火光在泄漏，而映得这间小屋充溢着薄薄的，十分柔和的，蔼然的红晖。

睡吧，亲爱的孩子。

一九六一年十一月廿五日写成

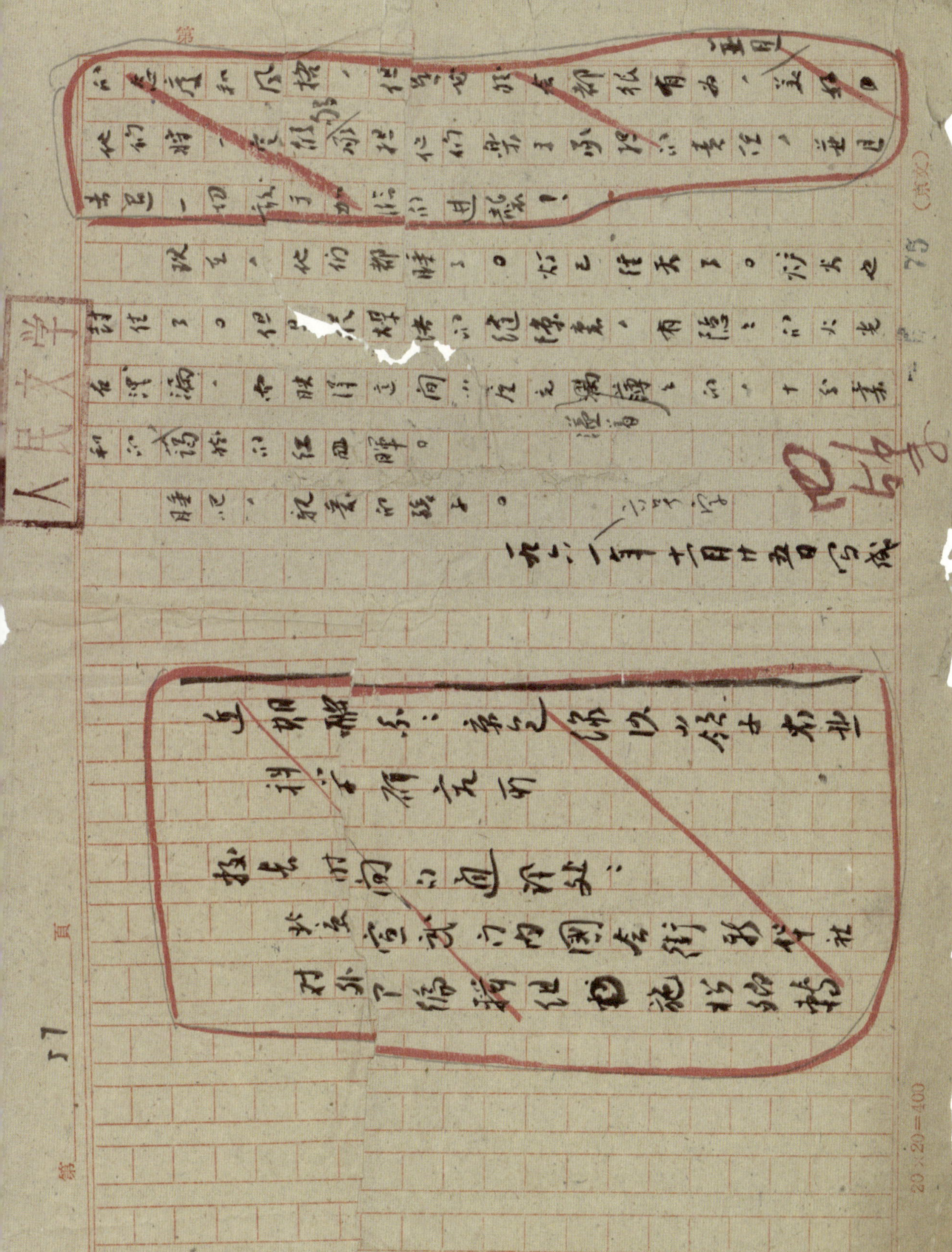

寂寞和温暖

她长得很白净。这个女同志好~~象~~[像]是晒不黑的。从地里回来，晒得满脸通红，用凉水洗洗，还是那样的。她的衣~~著~~[着]用物都很朴素，朴素到和她的年龄不相称。夏天，随时是一件白衬衫。天凉了，外面总罩一件劳动布的上衣。床单、枕头、帐子都是白的。被面上有一点淡蓝色的小花，也淡得几乎看不见。房间是狭长的。四堵白墙。一面墙上有一面镜子。一面有一个相当精致的画框。稍为留心一下，就可以发现，里面的画片是经常更换的。挂的时间最长的，是列宾的《伏尔加船夫》、列维丹的风景。一个四层的书架，装满了书。两层是农业科技书。两层是文学书。普希金的诗、屠格涅夫的小说，中文的、俄文的都有。除了下地，她每天就生活在这样一个雪白、狭长的天地里。中午、傍晚，从她的窗外经过，总看见她坐在临窗的小桌前看书。除了上小镇买一点牙膏、肥皂，哪儿也不去。不串门，不参加婚丧庆吊，不跟人来往。她这样的生活，已经五年了。

寂寞和温暖

汪曾祺

她长得很白净。这个女同志的皮肤是晒不黑的。从地里回来，脸晒得满脸通红，用凉水洗洗，还是那样白。她的衣着、用物都很朴素，朴素得和她的年龄不相称。夏天，随时是一件白衬衫。天凉了，外面罩一件劳动布的上衣。床单、枕头、帽子都是白的。被面上有一道淡蓝色的小花，也淡得几乎看不见。房间是独占的。四堵白墙。一面墙上有一面镜子。一面有一个相当精致的画框。揭开掀一下，就可以发现，里面的画片是经常更换的。挂的时间最长的，是列宾的《伏尔加船夫》、列维坦的风景。一个四层的书架，堆满了书。两层是植物业科技书。两层是文学书，普希金的诗、屠格涅夫的小说，中文的、俄文的都有。除了下地，她每天就生活在这样一个雪白、独占的天地里。中午、傍晚，从她的窗外经过，总看见她坐在临窗的小桌前看书。除了上小镇买一些牙膏、肥皂，哪儿也不去。不参加婚丧庆吊，不跟人来往。她这样的生活，已经五年了。

她叫沈沅，却不是湖南人。

她的家乡是福建的一个侨乡。她是在马来亚的一个滨海的小城里出生的。生她不久，母亲就死了。她是跟着父亲长大的。父亲也常不在家。他租了一只机帆船，往来运货。一走就是十天、半个月。她小时就常一个人坐在门前，望着海。她一想起父亲，首先想起的是他那双十个趾头一般齐，几乎是方形的脚。船工的脚都是这样。

七岁那年，父亲把她送回国来受教育。她从小学到高中，都是在宿舍里度过的。她的家是学校。她的亲人是老师和同学。她的同伴是书。她是从书里认识世界的。星期天，常常是一个人坐在窗前看一天小说，一边咬着一个很大的心里美萝卜。她觉得这个世界就跟这个萝卜似的，朴素、单纯、甜丝丝的，有很多水分。

父亲是被狭小而贫瘠的土地抛到海外去的。他没有一寸土，却希望他的家乡人都能吃到饱饭。中学毕业后，她就按照父亲的天真而善良的愿望，考进了农业大学。

大学毕业后，劳动了一年，分配到这个农业科学研究所。那年她二十五岁。

她叫沈沅，却不是湖南人。

她的家乡是福建的一个侨乡。她是在马来亚的一个滨海的小城里出生的。生她不久，母亲就死了。她是跟着父亲长大的。父亲也常不在家。他租了一只机动帆船，往来运货。一走就是十天、半个月。她小时就常一个人坐在门前，望着海。她一想起父亲，首先想起的是他那双十个趾头一般齐，几乎是方形的脚。船工的脚都是这样。

七岁那年，父亲把她送回国来受教育。她从小学到高中，都是在宿舍里度过的。她的家是学校。她的亲人是老师和同学。她的朋友是书。她是从书里认识世界的。星期天，常常是一个人坐在窗前看一本小说，一边啃着一个很大的心里美萝卜。她觉得这个世界就跟这个萝卜似的，朴素、单纯、甜丝丝的，有很多水分。

父亲是被狭小而贫瘠的土地抛到海外去的。他没有一寸土，却希望他的家乡人都能吃到饱饭。中学毕业后，她就按照父亲的天真而善良的愿望，考进了农业大学。

大学毕业后，劳动了一年，分配到这个农业科学研究所。那年她二十五岁。

这个所的工人有一个风气，爱给干部和技术人员起外号。这些外号大都没有什么恶意，但也含着褒贬。

有个管总务的，叫顾锡福，工人们叫他顾媳妇。因为他走路、说话都有点女气，而且一见领导就笑。有个年轻的技术员叫王作祜，工人背后叫他王咋唬。

有一个时期，所里有三个技师都姓李，工人们就把他们区别为黑李、白李、俊哥儿李。黑李、白李，是因为肤色不同。（这两个人后来都调走了）俊哥儿李是因为他长得端正，衣~~著~~[着]整齐，还因为他冬天不戴帽子。这地方冬天冷到零下三十七八度，工人过冬都得戴皮帽，狐皮的、貉绒的。至不济也得弄一顶山羊头的。俊哥儿李是不管多冷的天，也是光着脑袋，头发梳得一丝不乱。

有一个姓张的技师，年岁最大，资历最老，是个日本留学生。工人们当面叫他张老，背后叫他早稻田。他是个水稻专家，每天起得最早，一起来就到水稻试验田去。这个所的历史很久了，敌伪时期就有。所里的老工人多知道一点日本的事。他们听说日本有个早稻田大学，就不管他是不是这所大学毕业的，派给他一个外号，叫早稻田。

这个所的工人有一个风气，爱给干部和技术人员起外号。这些外号大都没有什么恶意，但也含着褒贬。

有个管总务的，叫顾锡禄，工人们叫他顾媳妇。因为他走路、说话都有点女气，而且见领导就笑。有个半瞎的技术员叫王作祐，工人背后叫他王咔嚓。

有一个时期，所里有三个技师都姓李，工人们就把他们区别为黑李、白李、俊哥儿李。黑李、白李（这两个人后来都调走了），是因为肤色不同。俊哥儿李是因为他长得端正，衣着整齐，还因为他冬天不戴帽子。这地方冬天冷到零下三十七八度，工人进城都得戴皮帽，狐皮的、狗皮的。至不济也得弄一顶山羊皮的。俊哥儿李是不管多冷的天，也是光着脑袋，头发梳得一丝不乱。

有一个姓张的技师，年岁最大，资历最老，是个日本留学生。工人们当面叫他张老，背后叫他早稻田。他是个水稻专家，每天起得最早，一起来就到水稻试验田去。这个所的历史很久了，敌伪时期就有。所里的老工人多知道一点日本的事。他们听说日本有个早稻田大学，就不管他是不是这所大学毕业的，送给他一个外号，叫早稻田。

20×25=500 北京京剧院

沈沅来了不久，工人也给她起了个外号，叫沈三员。因为他们听说沈沅在学校原来是团员；后来入了党，是党员；出了学校又是技术员。她的名字拆开来又是“沈三元”，这很容易叫他们联想到老年间的吉利话“连中三元”。“沈三员”的含意是：少年得志。

比沈沅早来一二年的青年技术员背后也叫她沈三员，那意味就不大一样了。他们知道她在学校是全班的尖子，政治、业务条件都很优越。她~~象~~[像]一颗新发现的星星似的引人注意。他们暗中打量着她的工作学识、语声步态、生活趣味。他们在提到“沈三员”时，就流露出讽刺和嫉妒。

她爱她的工作。

她永远记得初来的那一天。坐了一夜火车，天刚刚亮，在一个小火车站下了车。所里派了一个老工人赶一辆单套车来接她。这个工人叫王栓。她把行李放在车上，自己跟在车后面走。出了站，是一条石子马路，两旁种了高高的加拿大白杨。王栓拿鞭子指了指：“到了。过了石桥，就是农科所。”她放眼一望，房子、树、庄稼……心里忽然非常感动。

沈沅来了不久，工人也给她起了个外号，叫沈三员。因为他们听说沈沅在学校里是团员，后来入了党，是党员；出了学校又是技术员。她的名字拆开来又是"沈三元"，这很容易叫他们联想到老年间的吉利话"连中三元"。"沈三员"的含意是：少年得志。前程似锦。

比沈沅早来一二年的青年技术员背后也叫她沈三员，那意味就不大一样了。他们知道她在学校是全班的尖子，政治、业务、家庭都很优越。她家一接触发现的是人们的引人注意。他们暗中打量着她的工作学识、谈吐步态、生活趣味。他们一提到"沈三员"时，就流露出调侃和嫉妒。

她爱她的工作。

她很记得初来的那一天。坐了一夜火车，天刚刚亮，在一个小火车站下了车。所里派了一个老工人赶一辆单套车来接她。这个工人叫王栓。她把行李放在车上，自己跟在车后面走。出了站，是一条石子马路，两旁种了高高的加拿大白杨。王栓拿鞭子指了指："到了。过了石桥，就是农科所。"她放眼一望，房子、树、庄稼……心里忽然非常感动。

20×25=500　　北京京剧院

这个所的历史久，积累的资料多，研究人员的水平也比较高，是全省的先进单位，在华北也是有数的。这里还有她所倾慕的、熟识的人……

她到各处都看了看。大田、果园、菜园、苗圃、温室、挂着留种植株的大谷仓、水闸、马圈、羊舍、猪场。连半山上的一个大山药窖也钻进去看了看。这些东西对她是熟悉的、亲切的。但是过去好~~象~~[像]和她还有一个距离，还隔着一层什么东西。似乎一半是真实，一半是梦。对了，这些东西好~~象~~[像]是一幅一幅画，现在，她走进画里了。晚上，一个人躺在床上想：我也许会在这里生活一辈子。

她的工作分配在大田作物研究组，主要是做早稻田的助手。她很高兴。她在学校时就读过张老的论文，对他很钦佩。

她到早稻田的研究室去见他。早稻田放下一本厚书，站起身来和她握了握手（他的握手的姿势特别悬挚，有点~~象~~[像]日本人），说：“你的学习成绩我看过了，很好。你写的《京西水稻调查》，很好。我摘录了其中的一部分材料。”他翻出几张卡片和沈沅写的报告的铅印本，报告中有几处用红铅笔画了道。沈沅不知道说什么好，只好说：“很幼稚！”早稻田看看沈沅，说：“你很年轻，是个女同志。”沈沅正捉摸

5

这个所的历史久，积累的资料多，研究人员的水平也比较高，是全省的先进单位，在华北也是有数的。这里还有她所钦慕的、熟识的人……

她到各处都去看了看。大田、果园、菜园、苗圃、温室、挂着苗株植株的大谷仓、水闸、马圈、羊舍、猪场。连本山上的一个大山药窖也钻进去看了看。这些东西对她是熟悉的、亲切的。但是过去好像和她之间有一个距离，还隔着一层什么东西。似乎一半是真实，一半是梦幻。对了，这些东西好像是一幅一幅画，现在，她走进画里来了。晚上，一个人躺在床上想：我也许会在这里生活一辈子。

她的工作分配在大田作物研究组，主要是做早稻田的助手。她很高兴。她在学校时就读过张老的论文，对他很钦佩。

她到早稻田的研究室去见他。早稻田放下一本厚书，站起身来和她握了握手（他的握手的姿势特别恳挚，有点像日本人），说："你的学习成绩我看过了，很好。你写的《京西水稻调查》，很好。我摘录了其中的一部分材料。"他翻出几张卡片和沈沅写的报告的铅印本，纸页中有几处用红铅笔画了道。沈沅不知说什么好，只好说："很幼稚！"早稻田看看沈沅，说："你很年轻，是个女同志。"沈沅正想接着他的话是什么意思，他说："搞农业科学研究，是寂寞的。要安于寂寞。——一个水稻良种的培养，到真正确定它的种性，要几年？"——"正常的情况，要八年。"——"对，八年。——以后大概会缩短。作物一年只生长一次。不能性急。搞农业，不要想一鸣惊人。在这条很长的路上，没有敲锣打鼓，也没有欢呼。是的，很寂寞。但是乐在其中。我们的国家太穷了。人民，太苦了。"

王作祜告诉她，早稻田是个又干、又梗、又檞[倔]的老头子，简直不通人情世故。除了数字和术语，不会说人话。而且很落后。埋头读书，不问政治。但是早稻田的这一番话给她留下很深刻的印象。她觉得他是个真正的科学家。

每天一早，踏着露水，随张老到稻田，去观察、记录水稻的生长情况。水稻随风摇摆，欣欣向荣。空气很新鲜，很凉爽。白天整理资料。晚上查阅文献，帮助张老核校积年的文稿，研究问题。一老一少，常常谈到夜里十一二点。

她在学校时就认识俊哥儿李了。俊哥儿李也是农大毕业的，比她高好几班。俊哥儿李的爱人也是那个大学的，毕业后留校搞研究。沈沅跟她很熟。她姓褚，沈沅叫她褚大姐。俊哥儿李专门研究谷子。他认识附近几个县的种谷能手。谷子是低产作物。他们的共同愿望就是要把谷子的低产帽子摘掉。他常常下乡。这些种谷能手也常来找他。一来就坐了一屋子。看他那样一个衣履整齐，领口、袖口雪白，头发一丝不乱的专家，坐在一群黑胡子、白胡子、花白胡子，戴皮帽的、戴毡帽的、系羊肚手巾的老农之间，着他的话是什么意思，他说："搞农业科学研究，是寂寞的。需要耐寂寞。——一个水稻良种的培育，到真正确定它的种性，要几年？"——"正常的情况，要八年。"——"对，八年。——以后大概会碰壁。不能性急。作物一年只长一次。搞农业，不要想一鸣惊人。在这条漫长的路上，没有敲锣打鼓，也没有欢呼。是的，很寂寞。但是，乐在其中。我们的国家太穷了。人民，太苦了。"

王作祜告诉她，早稻田是个又干、又枯、又瘦的老头子，简直不通人情世故。除了数字和术语，不会说人话。而且很落后。埋头读书，不问政治。但是早稻田的这一番话给她留下深刻的印象。她觉得他是个真正的科学家。

每天一早，踏着露水，随他去到稻田，去观察、记录水稻的生长情况。水稻随风摇摆，欣欣向荣。空气很新鲜，很凉爽。白天整理资料。晚上查阅文献，帮助他老校核积年的文稿，研究问题。一步一步，常常读到夜里十一二点。

她在学校时就认识俊哥儿李了。俊哥儿李也是农大毕业的，比她高好几班。俊哥儿李的爱人也是那个大学的，毕业后留校搞研究。沈沅跟她很熟。她姓褚，沈沅叫她褚大姐。俊哥儿李专门研究棉花。他认识附近几个县的种棉能手。棉花是低产作物。他们的目的就是要把棉花的低产帽子摘掉。他常常下乡。这些种棉能手也常来找他。一来就坐了一屋子。当他那样一个衣履整齐，领子、袖口雪白，头发一丝不乱的专家，坐在一群黑胡子、白胡子、花白胡子，戴皮帽的、戴毡帽的、系羊肚手巾的老农之间，彼此却都是那样自然，那样亲热，是很有趣的。他离不开他的谷子，离不开他的这些农民朋友。褚大姐也离不开农大的研究设备。因此，这一对刚近中年的夫妻多年来一直过着两地生活。褚大姐有时带着孩子来住几天，沈沅一定去看她。有时褚大姐来了，沈沅不知道，褚大姐就叫老李去叫沈沅。平常，沈沅也常上俊哥儿李屋里去。去请教一些问题。更多的时间是去听俊哥儿李收藏的西洋音乐唱片。

她和工人的关系很好。在地里，休息的时候，女工和放羊的“半工子”常常掰两根不结玉米的甜~~杆~~[秆]，拔一把叫做酸苗的草根来叫她尝尝。甜~~杆~~[秆]真甜。酸苗酸得~~象~~[像]醋，吃得人眉毛、眼睛、鼻子都皱在一起。下了工，从地里回来，工人的家属正在做饭，孩子缠着，绊手绊脚，她就把满脸鼻涕的娃娃抱过来，逗他玩半天。

她和那个赶单套车接她到所的老车倌王栓很谈得来。王栓没事就上她屋里来，一聊半天，坐在她的雪白的床上。人们都很奇怪：他们俩聊什么呢？有什么共同语言呢？主要是王栓说。王栓聊他过去的生活，聊这个所的历史，聊他对一些干部和技术人员的评价。早稻田、俊哥儿李、顾媳妇、王咋唬这些外号就是他告诉她的。王栓走了，沈沅屋里还长时间留着他身上带着的马汗酸味。她不觉得这有什么不好闻。

侯文钊都是那样自然，那样親切，是很有趣的。她离不开她的老子，离不开她的这些农民朋友。褚大姐也离不开农大的研究设备。因此，这一对刚过中年的夫妻多年来一直过着两地生活。褚大姐有时带着孩子来住几天，沈沅一定去看她。有时褚大姐来了，沈沅不知道，褚大姐就叫老李去叫沈沅。平常，沈沅也常上侯秀儿李屋里去。去请教一些问题。更多的时间是去听侯秀儿李收藏的西洋音乐唱片。

　　她和工人的关系很好。在地里，休息的时候，女工和放羊的“半大子”常常掰两根不结玉米的甜秆、拔一把叫做酸苗的草根来叫她尝尝。甜秆真甜。酸苗酸得象醋，咬得人眉毛、眼睛、鼻子都皱在一起。下了工，从地里回来，工人的家属正在做饭，孩子缠着，伸手伸脚，她就把满脸鼻涕的娃娃抱过来，逗他玩半天。

　　她和那个赶车套车接她到所的老车倌王栓很谈得来。王栓没事就上她屋里来，一聊半天，坐在她的雪白的床上。人们都很奇怪：他们俩聊什么呢？有什么共同语言呢？主要是王栓说。王栓聊他过去的生活，聊这个所的历史，聊他对一些干部和技术人员的评价。早稻田、侯秀儿李、顾嫂嫂、王咋唬这些外号就是他告诉她的。王栓走了，沈沅屋里还长时间留着他身上带着的马汗酸味。她不觉得这有什么不好闻。

稻子收割了，羊羔子抓了秋膘了，葡萄下了窖了，雪下下来了[①]。雪化了，茵陈蒿在乌黑的地里绿了，羊角葱露了嘴了，稻田的冻土翻了，葡萄出了窖了，母羊接了春羔了，育苗了，插秧了。沈沅在这个农科所生活了快一年了。这一年她写了很多信，记了很多篇日记。她的信和日记都是那样洋溢着青春的欢悦。

忽然，她被划成了右派。

这个所的所长是个长期病号。副所长姓孟，农民出身，还打过几天游击。但是人长得白白胖胖的。一双大眼睛。脸上有两个酒窝，不笑的时候也~~象~~[像]带着笑。（他小时候一定是个谁过来也想抱一抱的可爱的孩子）。脾气很好，跟知识分子也合得来。此人绝无害人之心，但也不大管事。他知道所的研究工作成绩不错，常受上级表扬，他很满足。他每天就是看看文件，批批条子，各处转转，日子过得很悠闲。他最感兴趣的是两件事。一件是到外面去参观、开会。每年都要出外三四次，每次都带回来一些上海、天津新出的小玩意送人，尼龙拉锁、可以吸在玻璃上的挂衣钩、二寸长的小电筒……另一件是组织会餐，请客。逢年过节，他都要忙活几天。系着白围裙，亲自下厨指导一切。这个所里的年酒是有名的。猪羊自给，蔬菜果品都极方便。春节的时候，碧绿的黄瓜、鲜红的西红柿、雪

①页边有作者批注："'下下'不要删掉一个字。"——整理者注

稻子收割了，羊羔子抓了秋膘了，葡萄下了窖了，雪下下来了。雪化了，茵陈蒿在乌黑的地里绿了，羊角葱钻了嘴了，稻田的冻土翻了，（葡萄出了窖了，）母羊接了春羔了，育苗了，插秧了。沈沅在这个农科所生活了快一年了。这一年她写了很多信，记了很多篇日记。她的信和日记都是那样洋溢着青春的欢悦。

“下下”的字删掉一字。

忽然，她被划成了右派。

这个所的所长是个长期病号。副所长姓王，农民出身，还打过几天游击。但是人长得白白胖胖的。一双大眼睛。脸上有两个酒窝，不笑的时候也象带着笑（他小时候一定是个谁见了都想抱一抱的可爱的孩子）。脾气很好，跟知识分子也合得来。此人绝无害人之心，但也不大管事。他最感兴趣的是两件事。一件是到处去参观、开会。每年都要出外三四次，每次都带回来一些上海、天津新出的小玩意儿。尼龙拉锁、可以吸在玻璃上的挂衣钩、二寸长的小电筒……。另一件是组织会餐，请客。逢年过节，他都要忙活几天。系着白围裙，亲自下厨，指挥一切。这个所里的年酒是有名的。猪羊自给，蔬菜果品都极方便。春节的时候，碧绿的黄瓜、鲜红的西红柿、雪

他对这所的研究工作成绩不错，常受上级表扬，他很满足。他每天就是看看文件，批批条子，各处转转，日子过得很悠闲。

20×25=500

白的蘑菇、嫩黄的韭菜、乌紫的葡萄，哪儿找去？因此，附近单位的负责同志，一接电话，无不欣然命驾，宾至如归。节前节后，孟所长的脸上也都是红扑扑的。

这个所有一个胡支书。他是个专职的支部书记，没有行政职务。多年来大家都叫他胡支书。他管全所的政治、思想、人事、保卫。他也是农民出身，但是听说带过一个走乡串镇的小戏班子。此人身材瘦削，嗓音奇高。他有两个口头语。一个是“如论无何”。不知道为什么，他把“无论如何”都说成“如论无何”，而且非常爱说这句话。他常常讲话。在他的高亢刺耳、信口开河、语无伦次的讲话中，总要出现无数次“如论无何”。另一个是“你给我”。工人说了错话，“你给我写检查！”地锄得不净，“你给我反工！”甚至工人的衣服没穿好，披着，他看着不顺眼，“你给我把两个袖子捅上！”他的威信很高。有时两个工人为一点小事吵起来，甚至要动武，“快去叫胡支书！”胡支书一来，就都老实了。谁敢不老实？他盖一个图章就能把你送去劳改。经他手送到劳改队的工人，不止一个了。他是个酒仙，顿顿离不开酒。所里有个酒厂。他每天必去，上午十一点，下午五点，端着两壶新出淋的原汁烧酒，一手一壶，一壶四两，从酒厂走向他的宿舍。徜徉而过，旁若无人。

白的蘑菇、嫩黄的韭菜、乌紫的葡萄，哪儿找去？因此，附近单位的负责同志，一接电话，无不欣然命驾，宾至如归。节前节后，老所长的脸上也都是红扑扑的。

这个所有一个胡支书。他是个专职的支部书记，没有行政职务。多年来大家都叫他胡支书。他管全所的政治、思想、人事、保卫。他也是农民出身，但是听说当过一个走乡串镇的小贩子。此人身材瘦削，嗓音奇高。他有两句口头语。一个是"如论无何"。不知道为什么，他把"无论如何"都说成"如论无何"，而且非常爱说这句话。他常常讲话。在他的高亢刺耳、信口开河、语无伦次的讲话中，总要出现无数次"如论无何"。另一个是"你给我"。工人说了错话，"你给我写检查！"地锄得不净，"你给我返工！"甚至工人的衣服没穿好，敞着，他看着不顺眼，"你给我把两个袖子捋上！"他的威信很高。有时两个工人为一点小事吵起来，甚至要动武，"快去叫胡支书！"胡支书一来，就都老实了。谁敢不老实？他盖一个图章就能把你送去劳改。经他手送到劳改队的工人，不止一个了。他是个酒仙，顿顿离不开酒。所里有个酒厂。他每天必去，上午十一点，下午五点，端着两壶新出淋的原汁烧酒，一手一壶，一壶四两，从酒厂走向他的宿舍。徜徉而过，旁若无人。

另一个人物是王作祜。他是北京人。幼年孤苦。父亲是个小职员，还兼做一点数额极小的股票生意。王作祜记得父亲有过打簧金表、虬角烟嘴、子孙万代的核桃[①]之类的东西。这些东西，后来都卖了。他十三岁那年，父亲死了。母亲靠一双手和一架缝纫机把他养大，供他上了学。他下了课还要去接活、送活，学会了讨价、还价、说好听的话、用纯熟的市井语言和人大声争吵。

他不知道有一个什么本领，到了一个地方，很快就能跟领导搞得很熟。

这个年轻人生活很懒散。每天别人都上班、下地了半天，他才起来，站在门口刷牙，嘴上挂着牙膏沫子，哇啦啦啦，大声地漱口。为什么他天天迟到，却没有人管呢？因为他晚上加了班。

他和胡支书打得火热。这两个人岁数相差二十岁，出身、经历都不相同，怎么能混在一起呢？酒。胡支书屋里每天晚上都是高朋满座，干部、年轻的技术员都有。王作祜是常客，而且是最受欢迎的人。因为他很能聊。他知道许多奇闻秘事。他家里有他父亲留下来的许多《三六九画报》之类的读物，这里有取之不尽的材料。有时在大家怂恿之下，他甚至能说一些不堪入耳的荤笑话。胡支书几乎每晚必醉，王

①北京人揉的山核桃，有的生成是一疙瘩一疙瘩，~~象~~[像]一串一串的小葫芦，叫做“子孙万代”。

另一个人物是王作祜。他是北京人。幼年颇苦。父亲是个小职员，还兼做一点数额极小的股票生意。王作祜记得父亲有过打簧金表、机角烟嘴、子孙万代的核桃①之类的东西。这些东西，后来都卖了。他十三岁那年，父亲死了。母亲靠一双手和一架缝纫机把他养大，供他上了学。他下了课还要去接活、送活，学会了讨价、还价、说好听的话，用纯粹的市井语言和人大声争吵。

他不知道有一个什么本领，到了一个地方，很快就能跟领导搞得很熟。

这个年轻人生活很懒散。每天别人都上班、下地了半天，他才起来，站在门口刷牙，嘴上挂着牙膏沫子，哇啦哇啦，大声地漱口。虽然几乎天天迟到，却没有人穷究之，因为他晚上加了班。

他和胡文书打得火热。这两个人岁数相差二十岁，出身、经历都不相同，怎么能混在一起呢？酒。胡文书屋里每天晚上都是高朋满座，干部、年轻的技术员都有。王作祜是常客，而且是最受欢迎的人。因为他很能聊。他知道许多奇闻轶事。他家里有他父亲留下来的许多《三六九画报》之类的读物，这里有取之不尽的材料。有时在大家怂恿之下，他甚至能说一些不堪入耳的荤笑话。胡文书几乎每晚必醉，王

① 北京人揉的山核桃，有的生成是一疙瘩一疙瘩，象一串一串的小葫芦，叫做"子孙万代"。（退位错）

作祜是清醒的。三杯无大小。他知道酒酣耳热之后，就不存在党支部书记和超龄团员之间的界限了。别人就是在喝酒的时候也称胡支书为胡支书，只有王作祜一个人叫他老胡。

喝完酒，打扑克。他是个百分大王，所向无敌。在胡支书昏然睡去之后，他就和几个年轻人，拉开桌子“甩”起来。

酒阑、牌赢、客散，他才开始工作。所里一直缺少一个得力的行政秘书和业务秘书。他曾经自告奋勇，写过一两次向上的报告，深受赏识。他政治上很敏感，又懂业务，就成了所里的“一秘”，一根必不可少的台柱子。大会的动员报告，季度、半年、年终的各项工作总结，重要的批判稿，都由他起草。他下笔很快。稍为翻翻材料，摘出几段可以引用的经典词句，一边喷云吐雾，一边奋笔疾书，不到两个小时，一分[份]有声有色的材料就写出来了。他的这种捷才，很多同辈所倾倒。

随便给他一个什么题目，他都能写出一篇尖锐深刻的批判稿。有一个老木匠，说了一句怪话。有人问他挣了多少钱一个月，他说：“唉，挣一壶醋钱！”这事叫王作祜知道了，认为这是反党言论，要抓住这个典型，向全体职工进行一次教育。开了三天批判会。王作祜作了长篇发言。引经据典，慷慨激伯韬是清醒的。三杯无大小。他知道酒酣耳热之后，就不存在党支部书记和赵能园兄之间的界限了。别人就是在喝酒的时候也称胡支书为胡支书，只有王伯韬一个人叫他老胡。

喝完酒，打扑克。他是个百分大王，所向无敌。在胡支书酣然睡去之后，他就和几个年轻人，拉开桌子“闹”起来。

酒阑、牌疏、客散，他才开始工作。所里一直缺少一个得力的行政秘书和业务秘书。他曾经自告奋勇，写过一两次向上的报告，深受赏识。他政治上很敏感，又懂业务，就成了所里的“一枝笔”，一根必不可少的台柱子。大会的动员报告，国庆节、半年、年终的各项工作总结，重要的批判稿，都由他起草。他笔下很快。稍为翻翻材料，摘出几段可以引用的经典词句，一边喷云吐雾，一边奋笔疾书，不到两个小时，一篇有声有色的材料就写出来了。他的这种捷才，很为同辈所倾倒。

随便给他一个什么题目，他都能写出一篇尖锐深刻的批判稿。有一个老木匠，说了一句怪话。有人问他挣多少钱一个月，他说：“咳，一壶醋钱！”这事叫王伯韬知道了，认为这是反党言论，要抓住这个典型，向全体职工进行一次教育。开了三天批判会。王伯韬作了长篇发言。引经据典，慷慨激昂。会后，老木匠说："王作祜咋唬点啥咧？"王咋唬的外号就是这样来的。

一九五七年六月，所里开始整风。

沈沅本来不准备说话。她这些年一帆风顺，未经挫折，心里没有牢骚不满。她来了不到一年，了解的情况不多。这几天正在插秧，整天接触的是滑腻的泥土，有点腥味的水气和嫩汪汪的秧苗，她从早到晚都有些兴奋，晕晃晃的，象[像]是喝了酒。但是党支部却一再号召鸣放，作为一个党员，不能老是听会。她想了想，就把平时听到的群众反映和自己的感受整理出几条，在会上谈了。她一再声明，意见是零碎的，不系统的，只是停留在现象上，而且很可能是不准确的。意见如下：

1. 所里历年的工作是有成绩的，但是不宜估计过高。近年的工作总结，有很多地方言过其实。上上下下，有盲目自满情绪。

2. 对所外、省外的资料重视不够。国外资料很少，也不大有人看。有些研究课题，自以为是首创，实际上人家早就解决了。

3. 已有的研究成果，未能在生产上起作用。比如所里培育的冀农一号谷、二号谷、三号谷，产量比当地的小白苗高，到现在未能大

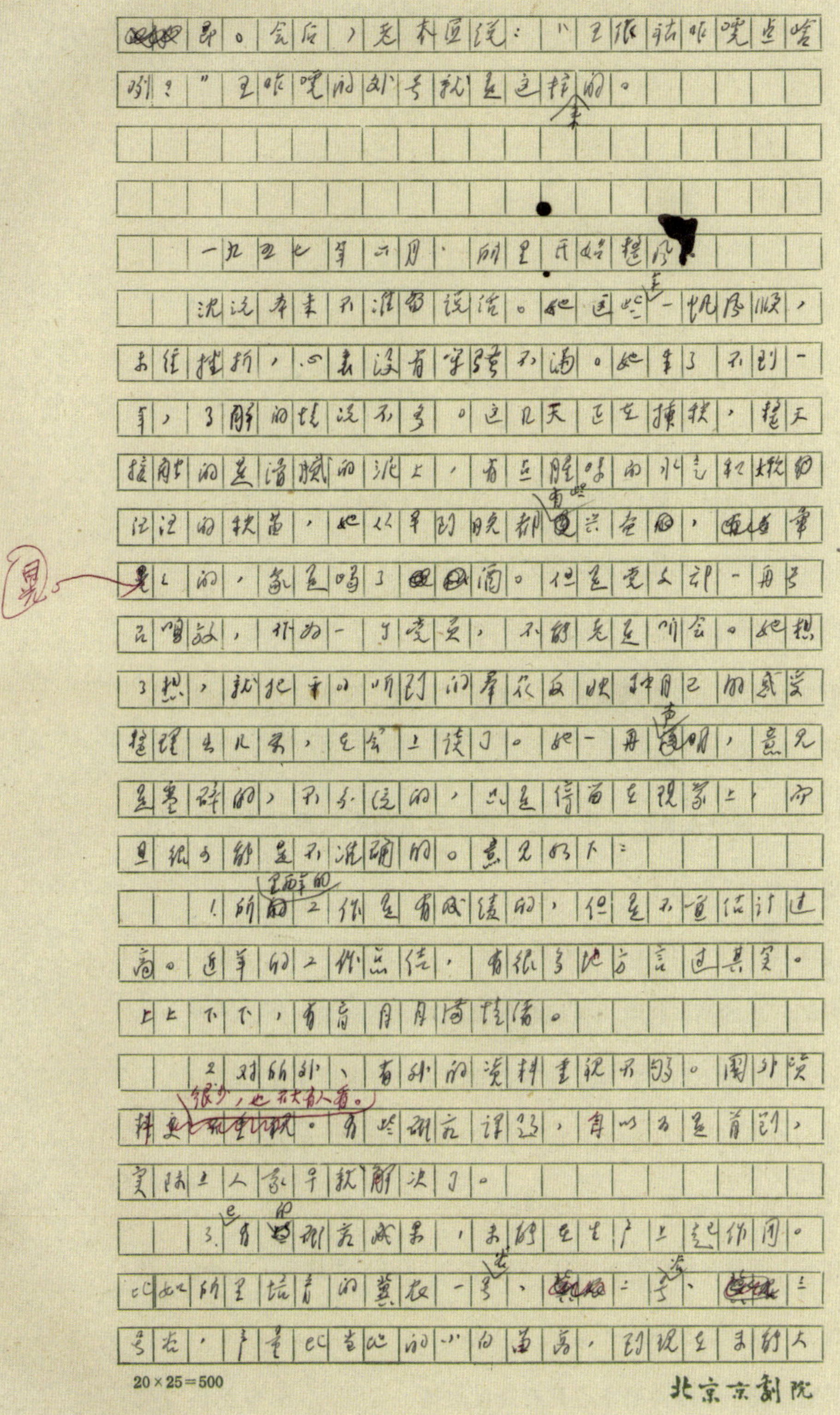

果。会后，老杨同志说："王作祜，咋呼点啥呀？"王咋呼的外号就是这样来的。

一九五七年六月，所里开始整风。

沈沅本来不准备说话。她这些年一帆风顺，未经挫折，心里没有牢骚不满。她来了不到一年，了解的情况不多。这几天正在插秧，整天接触的是滑腻的泥土，有点腥味的水气和嫩的汪汪的秧苗，她从早到晚都有些兴奋，常晕晕的，象是喝了酒。但是党支部一再号召鸣放，作为一个党员，不能老是听会。她想了想，就把平日所听到的群众反映和自己的感觉整理出几条，在会上谈了。她一再声明，意见是零碎的，不系统的，只是停留在现象上，而且很多都是不准确的。意见如下：

1. 所这两年的工作是有成绩的，但是不宜估计过高。近年的工作总结，有很多地方言过其实。上上下下，有盲目自满情绪。

2. 对研究、育种的资料重视不够。国外资料很少，也不大有人看。有些研究课题，自以为是首创，实际上人家早就解决了。

3. 有些已研究成果，未能在生产上起作用。比如所里培育的燕农一号、二号、三号谷，产量比当地的小白苗高，到现在未能大面积推广。

5.[1]有些研究项目，题目很吸引人，但是既无资料，又无措施，年年上报，不见成绩，比如葡萄抗寒品种的培育。

6.发动工人参加研究，还发表了论文，以为是一新生事物，大事宣传，但实际上都是技术人员代笔，是弄虚作假。有些论文，也没有什么道理，如《锄地的研究》。

7.所领导对科研人员的工作支持不够。张老的大量资料一直堆在地下，连一个资料柜也不给。

8.产品的经营管理存在很大问题。每年出产的名牌瓜果，都到哪里去了？酒厂出的酒，往常用装硫酸的大玻璃瓶运进城，分送给地区负责同志，他们给不给钱？有一个管农业的书记，向所里要一块韭菜皮铺在他的院子里，工人们说：这不真成了"刮地皮"了？

9.胡支书从酒厂端酒，工人反映很大。

10.对工人还是要实行民主管理，不能用封建家长式的高压统治。送去劳改的几个工人，错误都不是很大。

11.所里缺乏一个对科研事业具有高度热情、肯钻研、有事业心的业务领导。

①原文如此，序号5应为4，以下类推。——整理者注

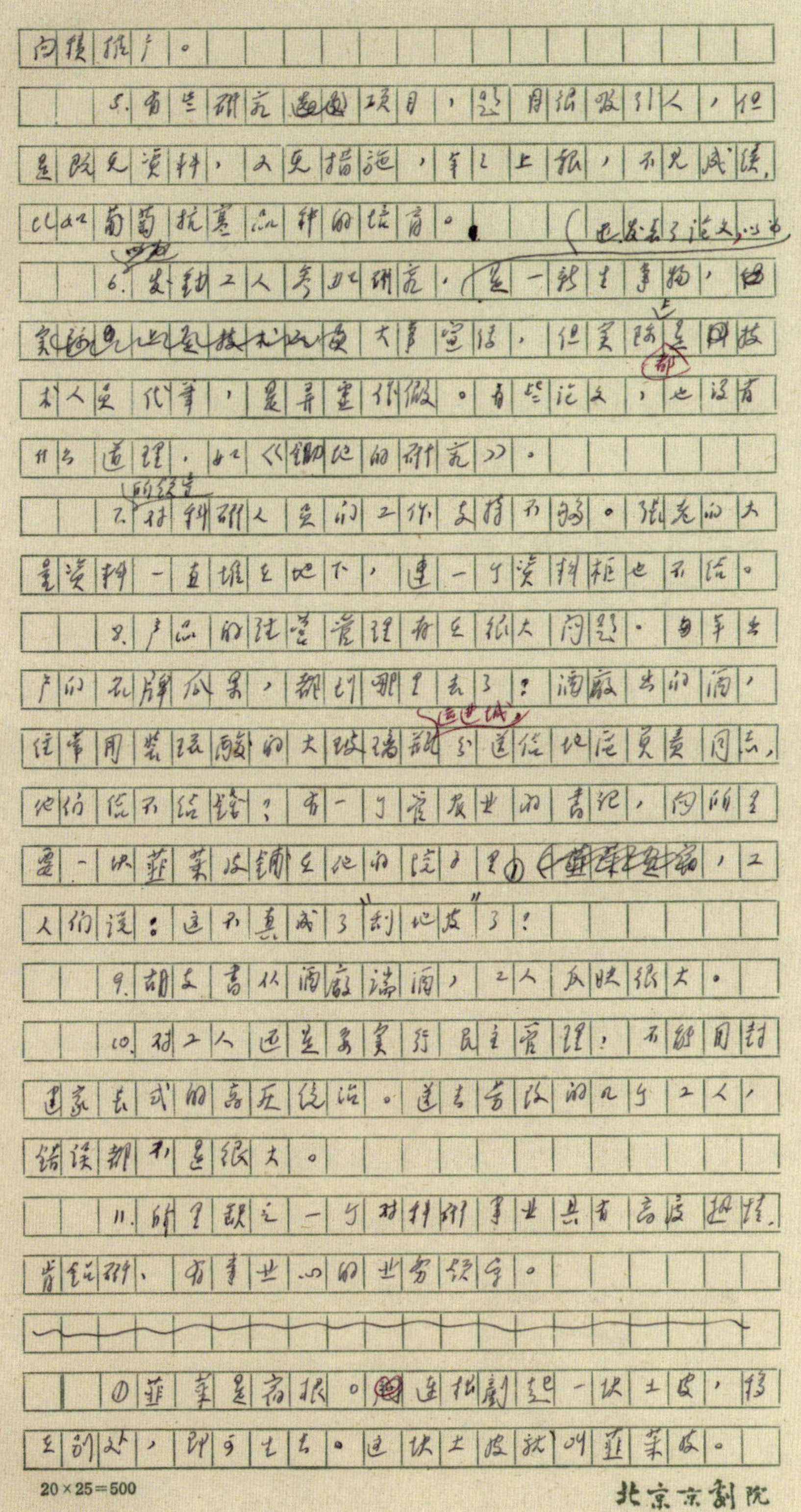

向积极推广。

5. 有些研究项目，题目很吸引人，但是既无资料，又无措施，草草上报，不见成绩，比如葡萄抗寒品种的培育。

6. 发动工人参加研究，（也发表了论文，以为）是一新生事物，由实验室也是技术人员做大事宣传，但实际上都是由技术人员代笔，是弄虚作假。有些论文，也没有什么道理，如《钢化的研究》。

7. 所领导对科研人员的工作支持不够。张老的大量资料一直堆在地下，连一个资料柜也不给。

8. 产品的经营管理存在很大问题。每年生产的名牌瓜果，都到哪里去了？酒厂出的酒，经常用装硫酸的大玻璃瓶运送给地区负责同志，他们给不给钱？有一个党支部的书记，向所里要一块韭菜皮铺在他的院子里①，工人们说：这不真成了"刮地皮"了！

9. 胡支书从酒厂端酒，工人反映很大。

10. 对工人还是要实行民主管理，不能用封建家长式的高压统治。这个支部的几个工人，错误都不是很大。

11. 所里缺乏一个对科研事业具有高度热情、肯钻研、有事业心的业务领导。

① 韭菜是宿根。铲起一块土皮，移至别处，即可生长。这块土皮就叫韭菜皮。

提意见的时候，她的语气是平和的。提完了，心里很坦荡。她没有注意别人的表情和反应，马上想到第二天能否把一块“定向栽培”的试验秧田插完。散会后，俊哥儿李跟她说：“沈沅，这里可不是农大呀！”

整风变成了反右。

沈沅被内定为斗争对象。

胡支书到地委开会，那位要过韭菜皮的书记说：“你们那个农科所，也是个知识分子成堆的地方，能够没有一个两个右派？我看沈沅，就满够格了。她说的那些话，哪一条不够个份量？——你别瞧话不多，有质量！”胡支书回来跟孟所长说：“沈沅一定要搞掉。有个早稻田、俊哥儿李，就够捏估的了。都叫这些知识分子把脑袋抬得高高的，俺们这些人还混什么！那两个也不是党员，沈沅，——如论无何要搞掉！”他们把王作祜找来商量。王作祜说：“好！沈三员，你在团的会上批评我庸俗，说我有市侩气。你纯洁，你高尚，你是一朵白莲花！老子这回非在你头上浇一勺屎汤子不可！”王作祜看了沈沅的材料，以为要从沈沅的一篇日记上开刀，这是问题的重点；别的问题是次要的，文章也不太好做。

提意见的时候，她的语气是平和的。提完了，心里很坦荡。她没有注意别人的反应，马上想到第二天须要把一块"定向杂交"的试验秧田里补完。散会后，傻哥儿李跟她说："沈沅，这里可不是农大呀！"

整风变成了反右。

沈沅被内定为斗争对象。

胡支书到地委开会，那位要这里来反的书记说："你们那个农科所，也是个知识分子成堆的地方，能够没有一个两个右派？我看沈沅就满够格了。她说的那些话，哪一条不够个份量？——你别嫌说不多，有个度量！"胡支书回来跟王所长说："沈沅一定要搞掉。有个早稻田、傻哥儿李，就够搞他的了。都叫这些知识分子把脑袋抬得高高的，俺们还混什么！那两个搞头不是觉灵，沈沅，——好纪死的要搞掉！"他们把王作祜找来商量。王作祜说："好！沈三兔，你在周的会上批评我庸俗，回说我有市侩气。你纯洁，你高尚，你是一朵白莲花！老子这回非在你头上浇一勺屎汤不可！"王作祜搞着了沈沅的材料，以为要从沈沅的一篇日记上开刀，这是问题的重点；别的问题是次要的，文章也不大好做。

这是一篇多年以前的旧日记。

沈沅的父亲一直想有一小片自己的土地。他把历年来在海风和海浪中挣到的钱积攒下来，寄回国，托人买了一点田，租给人种。他还在地边盖了一座小房子，一楼一底，石头砌墙。这种房子，在当地就叫做“洋房”了。买田、盖屋，是漂泊在海外的侨工的普遍的梦想。沈沅的父亲一天一天老了。他的肺不好，经常咳嗽。他希望能回到故土度过晚年，吃一碗薯仔红米饭。他一生就是两个心愿：一个是把女儿培养成人；一个是有一块葬身之地。他跟沈沅说，他要一个三尺高的坟头，坟头立一块石碑，让后人知道他辛苦了一辈子。他把造坟、立碑的钱存在银行里，单立一个摺子，交给沈沅收着。

一九五一年土改。土改工作队长是个南下干部，不了解侨乡的情况，又适应了一部分农民想要分掉那座“洋房”的要求，把沈沅的父亲划成了地主。那年沈沅还在读高中。~~他~~[她] 不能相信她的被海风吹得脸色紫黑的父亲是地主。她在日记里写下她的困惑和不满。

问题本来已经解决了。在农大入党的时候，要核实她的家庭出身。她如实地汇报了她的家庭情况，也汇报了自己的思想，作了检查。检查不无勉强。她说她听到父亲被划成地这是一篇多年以前的旧日记。

沈沅的父亲一直想有一小片自己的土地。他把多年来在海风和海浪中挣到的辛苦钱攒下来，寄回国，托人买了一些田，租给人种。他还在这地也盖了一座小房子，一楼一底，石头砌墙。这种房子，在当地就叫做"洋房"了。买田、盖屋，是漂泊在海外的华侨工人的普遍的梦想。沈沅的父亲一天一天老了。他的肺不好，经常咳嗽。他希望能回到故土度过晚年，吃一碗蕃薯米饭。他一生就是两个心愿：一个是把女儿培养成人；一个是有一块葬身之地。他跟沈沅说，他要一个三尺高的坟头，坟头立一块石碑，让后人知道他辛苦了一辈子。他把造坟、立碑的钱存在银行里，单立一个折子，交给沈沅收着。

一九五一年土改。土改工作队来的是个南下干部，不了解侨乡的情况，又适应了一部分农民想分掉那座"洋房"的要求，把沈沅的父亲划成了地主。那年沈沅还在读高中。她不能相信她的被海风吹得脸色紫黑的父亲是地主。她在日记里写下她的困惑和不满。

问题本来已经解决了。在农大入党的时候，党核实她的家庭成分。她如实地汇报了她的家庭情况，也汇报了自己的思想，作了检查。检查不无勉强。她说她对父亲被划成地主时的不满情绪，提高到原则上来，是和党离心离德。农大的党领导派人到侨乡外调了两次，认为沈沅的父亲最多~~成划~~[划成]一个小土地出租者。他们无权改变土改工作队的决定，他是认为沈沅的出身没有问题，根据她本人的表现，批准了她的入党要求。这些材料都保存在她的档案里，连同她交给农大党组织的那篇日记。

运动一来，旧事重提，以前的结论通通不算。

运动一来，有些人好~~象~~[像]变了“人性”。平常说不出来的话，说出来了。平常做不出来的事，做出来了。平常不能表现的~~【的】~~品质，表现出来了。

支部委员和运动骨干在胡支书屋里关起门来秘密策划了几天——有的干部和工人有些感觉：这些人都到哪儿去了？——一批大字报炮制出来了。“坚决击退反党分子沈沅的猖狂进攻！”“不许沈沅否定大好形势！”“不许沈沅污蔑党的领导！”“一个阶级异己分子的自供——沈沅日记摘录”，“地主阶级孝子贤孙的嘴脸”，“高雅的外衣——丑恶的灵魂”，“一定要把农科所的白旗拔掉！”“铲除蒋介石反攻大陆的社会基础！”除了大字报，还有主时的不满情绪，提高到原则上来，是和党离心离德。农大的党领导派人到你那外调了两次，认为沈沅的父亲最多够划一个小土地出租者。他们无权改变土改工作队的决定，但是自认为沈沅的出身没有问题，根据他本人的表现，批准了他的入党要求。这些材料都保存在他的档案里，还有他交给农大党组织的那篇日记。

运动一来，旧事重提，以前的结论通通不算。

运动一来，有些人好象变了"人性"。平常说不出来的话，说出来了。平常做不出来的事，做出来了。平常不能表现的品质，表现出来了。

支部委员和运动骨干在王胡子书屋里关起门来秘密策划了几天——有的干部和工人有些感觉：这些人都到哪儿去了？——一批大字报抛出来了。"坚决打退反党分子沈沅的猖狂进攻！""不许沈沅否定大好形势！""不许沈沅污蔑党的政策！""一个阶级异己分子的供词——沈沅日记摘录"，"地主阶级孝子贤孙的嘴脸"，"左派的外衣——丑恶的灵魂"，"一定要把农科所的白旗拔掉！""铲阴谋分子反攻大陆的社会基础！"除了大字报，还有漫画。有一张漫画，画着一个少女，向蒋介石低头屈膝。这个少女竟然只穿了乳罩和三角裤衩。这是王咋唬的手笔。画的时候，胡支书就在旁边。他一面喝酒，一面大笑。顾锡福忙得不~~一~~[亦]乐乎，打浆糊，刷大字报。一个晚上，安静平和的农科所变了样。空气很瘆人。连小孩经过大谷仓前的广场都不敢大声说话。

沈沅一早起来，要到稻田去看看插下去的秧苗是不是都缓过来了。一看这么多大字报，她懵了。她得硬着头（皮）去把这些大字报看下去。她脸色煞白，脸上带着一种奇怪的微笑。有两个女工看见她，吓了一跳。她们小声地议论："坏了，她要疯！"看到那张戴乳罩穿三角裤的漫画，她眼前一黑，几乎栽倒。一只大手从后面扶住了她。她定了定神。听见一个声音："真不像话！"那是王栓。她觉得干哕、恶心、头晕。她摇摇晃晃地走回自己的宿舍。

王作祜等人到处找人谈话，做工作。他找了俊哥儿李，让~~她~~[他]揭发沈沅。俊哥儿李说："我揭发不出什么。她喜欢柴可夫斯基，这是不是问题？——我也喜欢柴可夫斯基。"王作祜说："老李同志，你使我们很失望！"俊哥儿李说："那很抱歉。"王作祜找到早稻田。他跟早稻田讲了半天大道理，叫他要靠拢党，保漫画。有一张漫画，画着一个少女，向前开了很大度胯。这个少女竟然只穿了乳罩和三角裤衩。这是王栓嘴的手笔。画的时候，胡子书记在旁边。他一面喝酒，一面大笑。赵锡禄忙得不亦乐乎，打浆糊，刷大字报。一个晚上，安静平和的农科所变了样。空气很瘆人。连小孩经过大会堂前的广场都不敢大声说话。

沈沅一早起来，要到稻田去看看，插下去的秧苗是不是都缓过来了。一看这么多大字报，她懵了。她得硬着头皮把这些大字报看下去。她脸色煞白，脸上带着一种奇怪的微笑。有两个女工看见她，吓了一跳。她们小声地议论："坏了，她要疯！"看到那张戴乳罩穿三角裤衩的漫画，她眼前一黑，几乎栽倒。一只大手从后面扶住了她。她定了定神。听见一个声音："真不像话！"那是王栓。她觉得干哕、恶心，头晕。她摇摇晃晃地走回自己的宿舍。

王作祜带人到处找人谈话，做工作。他找了俊哥儿李，让她揭发沈沅。俊哥儿李说："我揭发不出什么。她喜欢柴可夫斯基，这是不是问题？——我也喜欢柴可夫斯基。"王作祜说："老李同志，你使我们很失望！"俊哥儿李说："那很抱歉"。王作祜找到早稻田。他跟早稻田讲了半天大道理，叫他要靠拢党，保卫党的利益，还让她[他]学习《反对自由主义》。早稻田问王作祜：“你多大了？”——“啊？三十。”——“王作祜！你还年轻，你还要做一辈子人哪！”王作祜出了早稻田的研究室，气得他直跺脚：“这他妈的老混蛋！你骂人不带脏字！”

王作祜们通过多种会议发动群众。群众被发动起来了。开了七次批判大会。王作祜及其一伙，被保卫党的利益的巨大的政治热情鼓动着，处于高度的亢奋状态之中。他们用炸弹一样的语言和充满戏剧性的姿势向他们所想象的敌人进行着殊死的战斗。他们攻无不克，战无不胜。事实上他们没有战斗之前就已经胜利了。他们只是把他们的胜利排演一遍。他们早已判决她是右派，批判，只是必要的程序。

他们是一群大战风车的英雄。但是他们不象[像]西班牙的老骑士那样天真可爱。他们知道这场战斗会给他们带来什么好处。而且，他们伤害的是一个活人，不是风车。

写了无数的检查，听了无数的批判。在毫无自卫能力的情况下，忍受着难堪的侮辱。沈

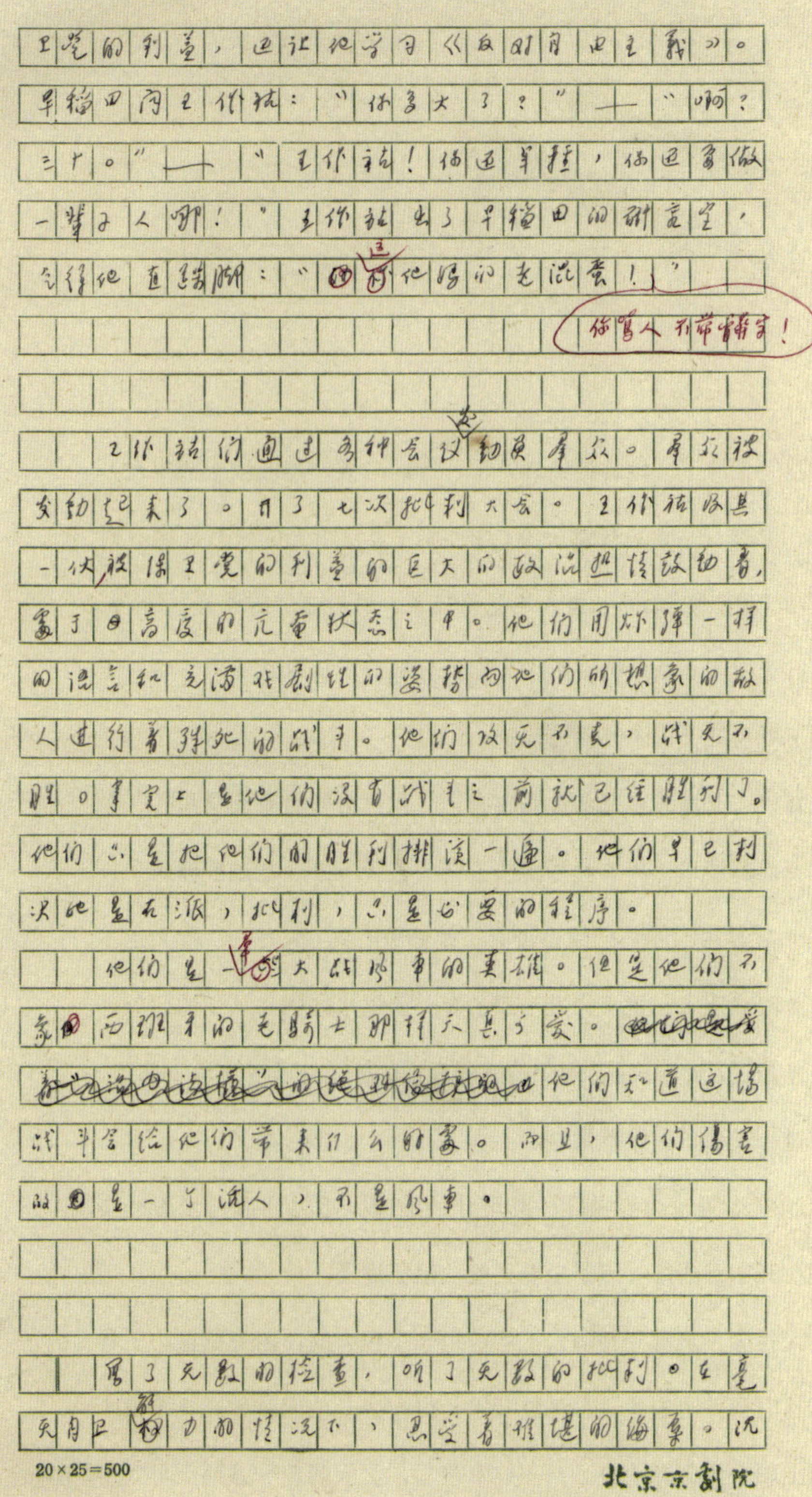

卫党的利益，还让他学习《反对自由主义》。

早稻田问王作祜："你多大了？"——"啊？三十。"——"王作祜！你还年轻，你还要做一辈子人哪！"王作祜出了早稻田的研究室，气得他直跺脚："这个他妈的老混蛋！"

你骂人，犯错误！

工作组们通过各种会议动员群众。群众被发动起来了。开了七次批判大会。王作祜跟其一伙被保卫党的利益的巨大的政治热情鼓动着，处于高度的亢奋状态之中。他们用炸弹一样的语言和充满戏剧性的姿势向他们所想象的敌人进行着殊死的战斗。他们攻无不克，战无不胜。事实上是他们没有战斗之前就已经胜利了。他们只是把他们的胜利排演一遍。他们早已判决他是右派，批判，只是必要的程序。

他们是一群大战风车的英雄。但是他们不象西班牙的老骑士那样天真可爱。他们知道这场战斗会给他们带来什么好处。而且，他们伤害的是一个活人，不是风车。

受了无数的检查，听了无数的批判。在毫无自卫能力的情况下，忍受着难堪的侮辱。沉沅的精神完全垮了。她的神经麻木了。有的时候，她的脑子会出现一片空白，半天，一点思想都没有，~~象~~[像]是没曝光的底片。她有时坐着不动，~~象~~[像]石头。她不再觉得痛苦，只是非常的疲倦。她想：怎么都行，定了什么罪名，给个什么处分都行，只求快一点，快一点过去，不要再开会，不要再写检查……

总算，一个高亢刺耳的声音宣布："批判会暂时开到这里。"

沈沅回到屋里，用一盆冷水洗了洗头，躺下来，立刻就睡着了。她睡得非常实在，连一个梦也没有。她好~~象~~[像]消失了。什么也不知道。太阳偏西了，她不知道。卸了套、饮过水的骡马从她的门外郭答郭答地走过，她不知道。晚归的麻雀在她的檐前吱喳吵闹着回窝了，她不知道。天黑了，她不知道。

她朦朦胧胧地闻到一阵一阵马汗的酸味，感觉到床前坐着一个人。她拉开床头的灯：床前坐着王栓，泪流满面。

沈沅每天下班都到井边去洗脸，用一个很大的白搪瓷脸盆。王栓也每天这时到井边去饮马。马饮着水，得一会。他们就坐在一个没水的石槽上聊一会。马饮完了，王栓牵着马，沈沅端着一盆明天早上用的水，一同往回走。自从沈沅挨斗之后，她就改在天黑人沅的精神完全垮了。她的神经麻木了。有的时候，她的脑子出现一片空白，什么，一点思想都没有，象是曝了光的底片。她有时坐着不动，象个木头。她不再觉得痛苦，只是非常的疲倦。她想：怎么都行，定个什么罪名，给个什么处分都行，只求快一点，快一点过去，不要再开会，不要再写检查……

总结，一个高亢刺耳的声音宣布："批判会暂时开到这里。"

沈沅回到屋里，用一盆冷水洗了洗头，躺下来，立刻就睡着了。她睡得非常实在，连一个梦也没有。她的意识消失了。什么也不知道。太阳偏西了，她不知道。卸了套、饮过水的骡马从她的门外郭答郭答地走过，她不知道。晚归的麻雀在她的檐前吱吱喳喳闹着回窝了，她不知道。天黑了，她不知道。

她朦朦胧胧地闻到一阵一阵马汗的酸味，感觉到床前坐着一个人。她拉开床头的灯：床前坐着王栓，泪流满面。

沈沅每天下班都到井边去洗脸，用一个很大的白搪瓷脸盆。王栓也每天这时到井边去饮马。马饮着水，得一会。他们就坐在一个没水的石槽上聊一会。马饮完了，王栓牵着马，沈沅端着一盆明天早上用的水，一同往回走。自从沈沅挨斗之后，她就改在天黑人静时才去洗脸。因为那张恶劣的漫画就贴在井边的墙上。过了两天，沈沅发现她的门外有一个木桶，里面有多半桶清水。她用了。第二天木桶收走了。不到傍晚，又送来。天天如此。沈沅知道，这是王栓。沈沅想：一个“粗人”，感情却是这样~~的~~[地]细！

现在，王栓满脸眼泪坐在她的面前。她觉得她的心热辣辣的。

“我来看看你。你睡了，睡得好实在。我想跟你说说话。你受委屈了。他们为什么要这样整你，折磨你？听到他们说的那些话，我的心疼。这帮牲口！这帮狗仗人势的东西！他们没有人心，他们的心不是肉做的，他们的心是石头，是结了尿碱的石头！你不要难过。你要好好的。俺们，庄户人，分得清什么是谷子，什么是~~秕~~[稗]子。俺们心里有杆秤。他们欺负人！他们不要你，俺们要你！你要好好的，一定要好好的！你看看你的两眼塌成个啥样了！要好好的，千万要好好的。你的光阴多得很，你要好好的。你要做的事多得很，你要好好的！……”

沈沅的眼泪流下来了。她一面流泪，一面点头。

“我走了。”

沈沅站起来送他。

静时才去洗脸。因为那张恶劣的漫画张贴在村里的墙上。过了两天，沈沅发现她的门外有一个木桶，里面有多半桶清水。她用了。第二天水桶收走了。不到傍晚，又送来。天天如此。沈沅后知道，这是王柱。沈沅想：一个"粗人"感情却是这样的细！

现在，王柱满脸眼泪坐在她的面前。觉得她的心热辣辣的。

"我来看看你。你瘦了，瘦得好实在。我想跟你说说话。你受委屈了。他们为什么要这样整你，折磨你？听到他们说的那些话，我的心痛。这帮畜生！这帮狗仗人势的东西！他们没有人心，他们的心是石头，是结了冰碴的石头！他们的心不是肉做的，你不要难过。你要好好的。俺们，庄户人，自分得清什么是好人，什么是坏人。俺们心里有杆秤。他们欺负人！他们不要你，俺们要你！你要好好的，一定要好好的！你看看你的两眼塌成了啥样了！要好好的，千万要好好的。你的光阴多得很，你要好好的。你要做的事多得很，你要好好的！……"

沈沅的眼泪流下来了。她一面流泪，一面点头。

"我走了。"

沈沅站起来送他。

王栓走了两步。又停住，回头。

“你不要想死。千万不要想走那条路。”

沈沅点点头。

“你答应我。”

“我答应你。王栓，我不死。”

沈沅忍不住扑在王栓的胸前痛哭起来。自从挨斗以来，她还没有哭过。

“你哭吧，好好地哭一哭。”

王栓走了。沈沅躺在床上，眼泪不断地涌出来。她听见自己的眼泪大滴大滴地落在枕头上，叭哒——叭哒……

是谁创造出这样一个冷酷的字眼：“画[划]清界线？”

人和人的关系是水和水的关系。为什么要把渠里的流水切成一方块一方块的呢？

沈沅的结论批下来了。定为一般右派，就在本所劳动。

她觉得这没有什么。

她每天下地劳动。多是跟女工、家属在一起。她不说话。女工们有时问她话，她只是非常简短地答复一两个字。休息的时候，她一个人坐在一边。女工们说什么可笑的事，她也露王栓走了两步，又停住，回头。

"你不要想死。千万不要想走那条路。"

沈沅点点头。

"你答应我。"

"我答应你。王栓，我不死。"

沈沅忍不住扑在王栓的胸前痛哭起来。自从揪斗以来，她还没有哭过。

"你哭吧，好好地哭一哭。"

王栓走了。沈沅躺在床上，眼泪不断地流出来。她听见自己的眼泪大滴大滴地落在枕头上，叭哒——叭哒……

是谁创造出这样一个冷酷的字眼："画清界线"？

人和人的关系是水和水的关系。为什么要把渠里的流水切成一方块一方块的呢？

沈沅的结论下来了。定为一般右派，就在所劳动。

她觉得这没有什么。

她每天下地劳动，多是跟女工、家属在一起。她不说话。女工们有时问她话，她只是非常简短地答复一两个字。休息的时候，她一个人坐在一边。女工们说什么可笑的事，她也露一点笑容。收工回所的路上，她一个人走。女工们就故意跟她挤在一起走。她也没有办法。

她到稻田去拔草。早稻田在路边等着她，只说了一句话："沈沅，多注意身体。"

褚大姐来了，一把抓住她的手："你为什么不去看我？"沈沅只是凄然一笑，摇摇头。

她还在那间雪白、狭长的屋里住。每天除了劳动，就是看书。她脸上有一种东西：寂寞。

胡支书把大跃进说成了大冒进。他在一次动员大会上讲话，最后说："我们要冒进！冒进！再冒进！"看来他说对了。五八，五九，搞了两年大冒进。正常的研究工作几乎都停下来了。深翻地，翻到一丈二。密植，小麦一亩下籽二百斤。把牛的精子给母猪授上，希望下出一个麒麟一样的东西——牛大的猪。黄瓜一条二尺四寸长，跟西葫芦那样粗。那是24D之类的贵重农药催起来的。装在玻璃匣里，用福尔马林泡上。一穗葡萄重达四十四斤。——所里本来有一种高产葡萄，叫大粒白，一穗能产二十来斤，只是很不好吃。给它"吃小灶"，上化肥，又把两穗最大的"靠接"在一起，就成了四十四斤。为了防止掉粒，采取了各种措施，其中包括给葡萄注射葡萄糖。

一点笑容。收工回所的路上，她一个人走。女工们就故意跟她挤在一起走。她也没有一句话。

她到稻田去拔草。王栓在路边等着她，说了一句话："沈沅，要注意身体。"

谢大姐来了，一把抓住她的手："你为什么不去看我？"沈沅只是凄然一笑，摇摇头。

她还在那间靠近猪舍的屋里住。每天除了劳动，就是看书。她脸上有一种东西：寂寞。

胡支书把大跃进说成了大冒进。他在一次动员大会上讲话，最后说："我们要冒进！冒进！再冒进！"果然他说对了。五八、五九，搞了两年大冒进。正常的研究工作几乎都停下来了。深翻地，翻到一丈二。密植，小麦一亩下籽二百斤。把牛的精子给母猪授上，希望下出一个麒麟一样的东西——牛大的猪。黄瓜一条二尺四寸长，跟西葫芦那样粗。那是24-D之类的生长激素催起来的。装在玻璃匣里，用福尔马林泡上。一穗葡萄重达四十四斤。——所里本来有一种高产葡萄，叫大粒白，一穗能产二十来斤，可是很不好吃。给它吃"小灶"，上化肥，又把两穗最大的"靠接"在一起，就成了四十四斤。为了防止掉粒，采取了多种措施，其中包括给葡萄注射葡萄糖。

“卫星”、“大王”层出不穷。卫星上天，大王升帐。报喜！报喜！报喜！敲锣打鼓，放鞭炮，欢呼。天天象[像]过年。

接着又闹了一阵超声波。用一根橡皮管子，装一个哨子样的铜嘴，安一张刀片作舌头，把高温的蒸汽压进皮管，蒸汽吹动舌头，呜呜地响。据说不管动物、植物，只要一“超”，就会飞快地长起来。农、林、牧、副、渔，什么都“超”一“超”。超得山丁子树丛前仰后合，东倒西歪。超得小猪仔鬃毛直竖，超得鸡飞狗跳墙。还办了一个超声波展览馆，供人参观。

这两年，孟所长、胡支书、赵媳妇[1]、王咋唬及其一伙，简直象[像]疯了一样。他们一心只想天下[上]掉下一个奇迹，中国的农业就过了关。有一些中年的科技人员也跟着起哄，为他们翻阅资料，寻找理论根据，因为这是“党”的号召。

早稻田一听到鞭炮声、锣鼓声和呜呜作响的超声波，就把门窗都关上。俊哥儿李还是经常下乡。沈沅，每天还是在她的雪白、狭长的房间里读书。

作为这种胡闹的惩罚，是大家都挨饿。终于不得不研究粗粮细做，研究代食品，研究高粱糠、玉米核、苹果叶子。最后是研究

[1] 据前文，顾锡福外号顾媳妇，赵媳妇应为顾媳妇。——整理者注

“卫星”、“大王”层出不穷。卫星上天，大王升帐。报喜！报喜！报喜！敲锣打鼓，放鞭炮，欢呼超大翻天，天天象过年。

接着又闹了一阵超声波。用一根橡皮管子，紧一个哨子样的铜嘴，安一张刀片作舌头，把高压的蒸汽压进皮管，蒸汽吹动舌头，呜呜地响。据说不管动物、植物，只要一“超”，就会象吹地长起来。农林牧副渔，什么都“超”一“超”。超得山丁子树丛前仰后合，东倒西歪。超得小猪仔鬃毛直竖，超得鸡飞狗跳墙。还办了一个超声波展览馆，供人参观。

这两年，查所长、胡支书、赵媳妇、王咋唬及其一伙，简直象疯了一样。他们一心只想天下掉下一个奇迹，中国的农业就过了关。有一些中年的科技人员也跟着起哄，为他们翻阅资料，寻找理论根据，因为这是“党”的号召。

甲猫四一听到鞭炮声、锣鼓声和呜呜作响的超声波，就把门窗都关上。後来几年也还经常下乡。沈沅，每天还是在他的重白、狭长的房间里读书。

作为这种胡闹的结果，是人家都挨饿。终于不得不研究粗粮细做，研究代食品，研究高粱糠、玉米核、薯类叶子。最后是研究小球藻、人造肉。因为连白白胖胖的孟所长也浮肿了。

胡支书、王咋唬还有酒喝。只不过味道不大好，是山药皮和菜叶子做的。

一九六一年秋后，调来了一个新所长，姓赵。很多工人都知道他。他的家庭是上中农，读过两年师范。抗日战争时期是个武工队长，常在这一带活动。老人们都说他“低头有计”，传诵着他的一些传奇性的故事。他的左太阳穴有一块园[圆]形的疤，一咬东西就闪闪发亮。这是当年的枪伤，说明他的确曾经出生入死。他是骑了一辆自己装了马达的自行车来上任的，还不失当年武工队长的风度。人，已经近五十岁了。他在抗日战争时期就是县委书记一级的干部，到现在还是县委一级。——和他在一起作战的，有的已经是省委委员了。原因据说是因为他一贯右倾，犯了几次错误。

他一来，就下地。在果园、菜园、苗圃、大田，都劳动了几天。一边干活，一边说笑。到该休息的时候，组长向他请示：“赵所长，休息吧？”——“嗯？——休息！”他在干活的时候，工人们拿眼瞄着他。结论是：“赵所长的农活，——啧啧啧！”他跟大家说笑，工人品着小球藻、人造肉。因为连白白胖胖的老所长也浮肿了。

胡支书、王咋呢还有酒喝。只不过味道不大好，是山药皮和菜叶子做的。

一九六一年秋后，调来了一个新所长，姓赵。很多工人都知道他。他的家庭是上中农，读过两年师范。抗日战争时期是个武工队长，常在这一带活动。老人们都说他"很有计谋"，传诵着他的一些传奇性的故事。他的左太阳穴有一块圆形的疤，一咬牙就闪闪发亮，这是当年的枪伤，说明他的确曾经出生入死。他是骑了一辆自己装了马达的自行车来上任的，还不失当年武工队长的风度。人，已经过五十岁了。他在抗日战争时期就是县委书记一级的干部，和他在一起作战的，有的已经是省委委员了。他到现在还是县委一级。原因据说是因为他一贯右倾，犯了几次错误。

他一来，就下地。在菜园、果园、苗圃、大田，都劳动了几天。一边干活，一边说笑。到该休息的时候，组长向他请示："赵所长，休息吧？"——"嗯？休息！"他在干活的时候，工人们拿眼睛瞄着他。结论是："赵所长的农活，——啧啧啧！"他跟大家说笑，工人品着他的话的成色。结论是："这个人的心是一块阳泉炭，划一根火柴就能点着；烧完了，是一堆白灰。"经过三年自然灾害，工人的劳动纪律普遍松弛了。他来劳动了几天活，大有改进。

这地方的土，黏性差。每年入冬，要从胭脂河拉沙子掺到地里。胭脂河在西面。掺沙的地也在西面。可是当中隔着一条大渠。拉沙子的大车从西边来，要从石子马路上向东走好长一段，过所门前的石桥，再折回到西面的地里。赵所长跟了两趟车，问赶车的工人："你们每年都是这么绕吗？"——"咹。"——"真笨！"他叫所有的车都在西边路口停下来，把车上的铁锹都拿下来，就在西边大渠上垫出一条路来。"渠里又没有水，这一个半月也不使水。等沙子运完了，再挖通了不就得了吗？干嘛要那么绕呀！"栖蚩枯初，一会的功夫，路垫出来了。"喔嗬！"运沙的车从胭脂河直达大田。"咦！咋俺们干了几十年的冤枉活，就没一个人想到呢？——这一冬得省多少工！"

他在所里巡视了一遍。有一间空屋锁着，门上的匾额犹在："超声波展览馆"。——"可以撤了吧？"到产品陈列室看了看。二尺四寸长的黄瓜还在，只是已经变成靛蓝色了。四十四斤的葡萄只剩下干枝了，大概还有四两重。

着他的话的成色。传说他说："这个人的心是一块阳泉炭，划一根火柴就能点着，烧完了，是一堆白灰。"经过三年自然灾害，工人的劳动纪律普遍松弛了。他来劳动了几天活，大有改进。

这地方的土，黏性重。每年入冬，要从胭脂河拉沙子掺到地里。胭脂河在西面。掺沙的地也在西面。可是当中隔着一条大渠。拉沙子的大车从西边来，要从石子马路上向东走好长一段，过所门前的石桥，再折回到西面的地里。赵所长跟了两趟车，问赶车的工人："你们每年都是这么绕吗？"——"嗐。"——"真笨！"他叫所有的车都在西边路口停下来，把车上的铁锹都拿下来，就在西边大渠上垫出一条路来。"渠里又没有水，这一个半月也不使水。等沙子运完了，再挖通了不就得了吗？干嘛穷那么绕呀！"[illegible]，一会的功夫，路垫出来了。"嗬嗬！"运沙的车从胭脂河直达大田。"嗐！咱俺们干了几十年的冤枉活，就没一个人想到哎：——这一冬得省多少工！"

他在所里巡视了一遍。有一间空屋锁着，门上的匾额犹在："超声波展览馆"。——"可以撤了吧？"副所长陪到窗前看了看。二尺四寸长的黄瓜还在，只是已经变成酱色了。四[illegible]四斤的葡萄只剩下干枝了，大概还有四两重。

——“这些大王该让让座了吧？挪到地下室，留个纪念。”

他把近年的总结、论文、学术报告、重要的会议记录都找来看了看，看了好几天，连门都不出。校出了很多错字。

然后，到技师、技术员家挨门拜访。

访问了俊哥儿李。

“老褚的事，要解决。老是鹊桥相会，那怎么行！我们想把她的研究项目接过来。这个项目，我们地区需要，不只是为了照顾你。农大肯交给我们，最好。不行，我们搞一套设备。我了解了一下，地区还有这个钱。等我跟地委研究一下。”

看见老李屋里摆了好些凳子，知道他那些攻谷子低产关的农民朋友要来，老赵就留下来听了半天他们的座谈会。中午，他捧了个串门大碗，盛了一碗高粱米饭，挟了几个腌辣椒，跟大家一同~~起~~[吃]了饭。饭后，他问：“过去他们的饭钱是怎么算的？”老李说：“他们是我请来的客人。”——“那怎么行！”他凭窗高叫：“顾锡福！”顾锡福闻声赶到。“以后他们的饭钱归公家报。——报在什么项目里，你研究去！”顾锡福连忙陪笑：“我早就说该由公家报！”——他早干什么去了？

访问了早稻田。

“张老，张老！我来看看您，不打搅吗？”

——"这些大王该让让坐了吧？挪到地下室留了纪念。

他把近年的总结、论文、学术报告、专家的会议记录翻出来看了看，看了好几天，连门都不出。校出了很多错字。

然后，到教师、技术员家挨门拜访。

问访了後勇几次。

"光绪的事，要解决，光是当桥梁会，那怎么行！我们想把他的研究项目接过来。这个项目，我们也很需要，不只是为了照顾你。你大胆交给我们，放心。不行，我们搞一套设备。我了解了一下，他还要这个材料。等我跟他再研究一下。"

看见老李屋里摆了好些凳子，知道他那些攻关小组、广美的农民朋友要来，老远就留下来听了李大他们的座谈会。中午，他捧了个半旧的大碗，盛了一碗高粱米饭，用筷子夹了几个腌辣椒，跟大家一同吃了饭。饭后，他问："过去他们的饭钱是怎么结的？"老李说："他们是我请来的客人。"——"那怎么行！"他说着高喊："顾锡福！"顾锡福闻声赶到。"以后他们的饭钱归公家报。——报在什么项目里，你研究去！"顾锡福连忙陪笑："我早就说该由公家报！"——他早干什么去了？

访问了半个月。

"张老，张老！我来看看您，不打搅吧？"

“不打搅，不打搅！欢迎，欢迎！”

“我来拜师了。”

“不敢当。如果有什么关于水稻方面的普通问题……”

“水稻我也要学。我是来想向您学日语。过去为了工作需要，我学过两年日语。这些年快扔完了，想再检起来，就来找您这位早稻田了！”

“我不是早稻田大学毕业的。”

赵所长告诉他“早稻田”的来历。早稻田第一回知道他有这样一个外号，他大笑。很少听到这位老科学家这样纵情地大笑过。

赵所长问张老有什么困难，什么要求。

“我需要一个助手。”

“您看谁合适？”

“沈沅。”

“沈沅——”

“赵所长，我老矣。我在科学的王国里生活了四十年，阅人多矣。我看全所的青年技术人员都不如沈沅，她有可能取得真正的成就。科学，要求对她绝对的忠贞，要求献身的精神。虚浮、偷懒、贪名、好利，都不行。不务正业，无事生非，品质恶劣，低级趣味，打击陷害优秀的同事，企图用别人的创伤和痛苦来铺平自己升官的道路的人，是科学所不允

"不打搅，不打搅！欢迎，欢迎！"

"我来拜师了。"

"不敢当。如果有什么关于水稻方面的普通问题……"

"水稻我也要学。我是来想向您学日语。过去为了工作需要，我学过两年日语。这些年快扔完了，想再捡起来，就来找您这位早稻田了！"

"我不是早稻田大学毕业的。"

赵所长告诉他"早稻田"的来历。早稻田第一回知道他有这样一个外号，他大笑。很少听到这位老科学家这样纵情地大笑过。

赵所长问他有什么困难，有什么要求。

"我需要一个助手。"

"您看谁合适？"

"沈沅。"

"沈沅——"

"赵所长，我老了。我在科学的王国里生活了四十年，阅人多矣。我看全所的青年技术人员都不如沈沅。他有可能取得真正的成就。科学，需要对它绝对的忠实，要求有献身的精神。虚浮、偷懒、贪名、好利，都不行。不务正业，见事生非，品质恶劣，低级趣味，打击陷害优秀的同事，企图用别人的创伤和痛苦来铺平自己升官的道路的人，是科学的不允

[illegible]

许，是科学所深恶痛绝的！——请原谅，我今天有些激动。”

赵所长知道张老的话何所指。他的眉头皱紧了半天，太阳穴的枪疤闪闪发亮。然后，他松开了眉头。

“还有什么要求？”

“我需要一个柜子。”

“装您的这些资料。柜子，马上就可以解决。沈沅的事，等我了解一下。”

“这里有一篇俄文资料。我的俄文是自修的，怕理解得不准确，想请沈沅翻译一下，能吗？”

“交给我。”

不一会，赵所长就拉了两个青年工人，从超声波展览馆扛出一个硬杂木的大柜，亲自给早稻田送来了。

沈沅还在地里劳动，王栓到地边叫她。

“沈——沅——！”

“哎！——”

“赵所长找你——！叫你上他屋里去一趟！”

“知道啦！——”

什么事呢？她心里微微有点不安。是叫我去汇报思想？——把我调出农科所，下放到生产队去监督劳动？她觉得不会有什么好事。但是她经过了反右的批斗，再有什么逆境，也无所谓了。她在水渠里慢慢地洗了手，往回所的路上走。她听了王栓和一些女工对于新来的译，是科学所深恶痛绝的！——请原谅，我今天有些激动。”

赵所长知道张老的话何所指。他的眉头皱紧了半天，太阳穴的枪疤闪闪发亮。然后，他舒拉开了眉头。

“还有什么要求？”

“我需要一个柜子。”

“整编这些资料的柜子，马上就可以解决。沈沅的事，要我了解一下。”

“这里有一篇俄文资料。我的俄文是自修的，怕理解得不准确，想请沈沅翻译一下，行吗？”

“交给我。”

不一会，赵所长就找了两个青年工人，从综合展览馆扛出一个硬杂木的大柜，亲自给早稻田送来了。

沈沅正在地里劳动，王栓到地边叫她。

“沈——沅——！”

“哎！——”

“赵所长找你——！叫你上他屋里去一趟！”

“知道啦！——”

什么事呢？她心里微微有些不安。是叫我去汇报思想？——把我调出农科所，下放到生产队去监督劳动？她觉得不会有什么好事。但是她经过了反右的批斗，再有什么逆境，也无所谓了。她在水渠里慢慢地洗了手，往回所的路上走。她听了王栓和一些女工对于新来的

~~【的】~~所长的议论，有点点将信将疑。到了门口，她听见自己的心咚咚地跳。

门开着。赵所长不在。一个五六岁的孩子趴在桌上画小人。

“你是沈沅阿姨吗？爸爸去接一个电话，一会就回来。请您等一等他。您请坐。”

孩子的花瓣一样的声音使沈沅的紧张心情松弛下来。她看了看所长的屋子。

墙上挂着一支宝剑。鲨鱼皮套子，剑柄、吞口都镂着花，很精致。这是一个真正的兵器，不是舞台上和杂技团用的镀镍的道具。也许一个古代的名将曾经握过它。靠墙一张书桌，排着好些书。一套《毛选》。好些农业科技书。作物栽培、土壤、植保、果树栽培学各论、葡萄、马铃薯晚疫病。一套《楚辞集注》、一套《唐诗别裁》、四本《古文观止》、一本《日语初阶》。桌角端端正正放着一本原文的俄文杂志，上面放着一册农大学报的抽印本：《京西水稻调查——沈沅》。还有一个东西。一个深深的紫红砂盆，里面养着一块拳大的上水石，盖满了绿茸茸的青苔，长出一棵一点点大、只有七八个叶子的虎耳草，盆里还有两条半寸长的小鱼窜来窜去。紫红的盆、碧绿的苔、墨蓝色的虎耳草~~园~~[圆]叶，淡白的叶纹。沈沅不禁失声称赞：“

的所长的议论，有点将信将疑。到了门口，她听见自己的心怦怦地跳。

门开着。赵所长不在。一个五六岁的孩子在地上画小人。

“你是沈沅阿姨吗？爸爸去接一个电话，一会就回来。请您等一等他。您请坐。”

孩子的花瓣一样的声音使沈沅的紧张的心情松弛下来。她看了看所长的屋子。

墙上挂着一把宝剑。鲨鱼皮套子，剑柄、剑鞘都镂着花，很精致。这是一个真正的兵器，不是舞台上杨宗保用的镀银的道具。也许一个古代的名将佩带过它。靠墙一张书案，摆着好些书。一套《毛选》。好些农业科技书。作物栽培、土壤、植保、果树栽培学各论、葡萄、马铃薯晚疫病。一套《楚辞集注》、一套《唐诗别裁》，四本《古文观止》，一本《日语初阶》。桌角端端正正放着一本厚厚的外文新志，上面放着一册农大学报的抽印本：《京西水稻调查——沈沅》。还有一个东西。一个很深的紫红砂盆，里面养着一块挺大的上水石，长满了绿茸茸的青苔，长出一棵一点点大，只有七八个叶子的虎耳草，盆里还有两条寸把长的小鱼窜来窜去。紫红的盆，碧绿的苔，墨绿色的虎耳草圆叶，淡白的叶纹。沈沅不禁出声赞叹：“

真好看！”

“好看吗？——送你。等你回来，你就把它端走。”

“？……赵所长，您找我？有事吗？”

“你这篇报告，写得不错啊！黑字印在白纸上，不一定都是好文章。有的材料不够，空空洞洞。有的有材料，没有见解。你这篇，有材料，有见解。——文笔也好。科学论文，也要讲究一点文笔嘛！朴素无华，明白准确，然而自然清秀，真是文如其人。我喜欢这样的文风！——你瞪着眼睛看我干什么？是说我这个打仗出身的人不该谈文章风格吗？”

“您不~~象~~[像]个所长。”

“所长？所长是什么？——大概是‘从七品’。——这是一篇俄文资料。张老请你帮他翻出来。”

“我能做这样的事吗？我，现在？”

“为什么不能？”

“……”

“你明天不要下地了。”

“好。”

“从明天起，你不要下地干活了。”

“……？”

“我这人是个直肠子。存不住话。告诉你，准备给你摘掉右派的帽子。已

30

真好看！"

"好看吗？——送你。等你回来，你就把它读完。"

"？……赵所长，您找我？有事吗？"

"你这篇报告，写得不错啊！黑字印在白纸上，不一定都是好文章。有的材料不够，空空洞洞。有的有材料，没有见解。你这篇，有材料，有见解。——文笔也好。科学论文，也要讲究一点文章嘛！朴素无华，明白准确，然而自然清秀，真是文如其人。我喜欢这样的文字！——你睁着眼睛看我干什么？是说我这个打仗出身的人不该谈文章好坏吗？"

"您不象个所长。"

"所长？所长是什么？——大概是'什长'吧'。——这是一篇外文资料。能否请你帮他翻出来。"

"我能做这样的事吗？对，现在？"

"为什么不能？"

"……"

"你明天不要下地了。"

"好。"

"从明天起，你不要下地干活了。"

"……？"

"我这人是个直肠子。存不住话。告诉你，准备给你摘掉右派的帽子。

20×25=500 北京京剧院

经和地委谈了。报告已经写上去了。这两天就可以批下来。估计不会有问题。本来可以晚几天告诉你，——何必呢！早一天告诉你，让你高兴高兴，不好吗？有的同志，办事总是那么拖拉。他不知道，人家是度日如年呀！——祝贺你！”

他伸出手来。沈沅握着他的温暖的手，眼睛湿了。

“谢谢您。”

“谢我什么！我们需要人，我们迫切地需要人！你是党培养出来的知识分子。种地的，哪有把自己种出来的好苗锄掉的呢？没这个道理嘛！——你有什么想法，什么打算？”

“这是来得太突然了。”

“不突然。事情总要有个过程。——有的过程，是弯路。我看你先回去一趟。”

“回去？”

“对，回一趟你的老家。”

“我家里没有人了。”

“我知道。”

就在沈沅被划为右派之后不久，她接到舅舅的来信，说~~他~~[她]的父亲患了严重的肺气肿，从马来亚回到祖国，没有几天，就死了。沈沅拿着信向胡支书去汇报。胡支书说：“死了，也

31

组织把手续了。报告已经写上去了。过两天就可以批下来。估计不会有问题。本来可以晚几天告诉你们，——何必呢！早一天告诉你，让你高兴高兴，不好吗？有的同志，办事总是那么拖拉。他不知道，人家是度日如年呀！——祝贺你！”

他伸出手来。沈沅握着他的温暖的手，眼睛湿了。

“谢谢您。”

“谢我什么！我们需要人，我们迫切地需要人！你是我们党培养起来的知识分子。种地的，哪有把自己种出来的好苗锄掉的呢？没这个道理嘛！——你有什么想法，什么打算？”

“这事来得太突然了。”

“不突然。事情总要有个过程。——有的过程，是弯路。我看你先回去一趟。”

“回去？”

“对，回一趟你的老家。”

“我家里没有人了。”

“我知道。”

就在沈沅被划为右派之后不久，她接到家乡的来信，说她的父亲患了严重的肺气肿，从马来亚回到祖国，没有几天，就死了。沈沅拿着信向胡支书去请假。胡支书说：“死了，也

20×25=500

好嘛。你可以少背一点包袱。埋了吗？”

“埋了。”

“埋了就得了。好好劳动。”

这件事，赵所长怎么会知道的呢？

一个绿豆大的通红的瓢虫飞进来，落在虎耳草墨蓝的~~园~~[圆]叶上。赵所长的眼睛一亮。

“真美！——你还是回去看看。看看你父亲的坟，给他立一块碑。——你有立碑的钱吗？”

“有。——您怎么知道我父亲想在坟头立一块碑的？”

“你的档案材料里有嘛！你的右派材料里不也写着了吗？——‘一心为其地主父亲树碑立传’。这都是什么话呢！一个老船工，在海外漂泊多年，这么一点心愿为什么不能满足他呢？我们是无鬼论者，我们并不相信泉下有知。但是人总是人嘛，人总有一颗心嘛。共产党员也是人，也有心嘛。共产党员不是没有感情的。无情的人，不是共产党员！你没有直系亲属了，本来没有探亲假。但是我批准你这次例外的探亲假。路费由公家报。如果谁批评这不合制度，我负责。你明天把资料翻出来，——不长。后天就走。我送你。叫王栓套车。”

沈沅哭了。

“哭什么？我们是同志嘛！”

的嘛。你可以少背一点包袱。懂了吗？”

“懂了。”

“懂了就行了。好好劳动。”

这件事，赵所长怎么会知道的呢？

一个像豆大的通红的瓢虫飞进来，落在毛百草墨画的图叶上。赵所长的眼睛一亮。

“真美！”——你还是回去看看。看看你父亲的坟，给他立一块碑。——你有立碑的钱吗？”

“有。——您怎么知道我父亲想在坟头立一块碑的？”

“你的档案材料里有嘛！你的交代材料里不也写着了吗？——‘一心要把父亲坟树碑立传’。这都是什么话呢！一个老船工，在海外漂泊多年，这么一点心愿为什么不能满足他呢？我们是无鬼论者，我们并不相信泉下有知。但是人总是人嘛，人总有一颗心嘛。共产党员也是人，也有心嘛。共产党员不是没有感情的。无情的人，不是共产党员！你没有直系亲属了，本来没有探亲假。但是我批准你这次例外的探亲假。路费由公家报。如果谁批评这不合制度，我负责。你明天把资料翻出来，——不去。后天就走。我送你。叫王栓套车。”

沈沅哭了。

“哭什么？我们是同志嘛！”

沈沅哭得更厉害了。

“不要这样。——回家，好好地玩一玩。你的任务是：长两斤肉。你的工作，回来再谈。这盆虎耳草，我替你养着。——你那屋里太素了。年轻人，要一点颜色。”

不到假满，沈沅就回来了。

她的工作，和原先一样，还是当早稻田的助手。每天晚上，早稻田屋里的灯又是亮到十一二点。

很快到年底了。又开一年一度的先进工作者评选会了。赵所长叫沈沅也参加。

沈沅走进大田作物组的办公室。她已经五年没有走进这间屋子了。俊哥儿李主持会议。他拉开一张椅子，亲切地让沈沅坐下。

“这还是你的那张椅子。”

沈沅坐下，点头注目，跟所有的人打了招呼。别人也格外亲切地向她点头致意。王咋唬假装低头削铅笔。沈沅看到他，也脸色一沉。

在酝酿候选人名单时，一向很少说话的早稻田头一个发言。

“我提一个人。”

“……谁？”

“沈沅。”

沈沅哭得更厉害了。

"不要这样。——回家，好好地玩一玩。你的任务是：长两斤肉。你的工作，回来再谈。这里要画图单，我替你看着。——你那屋里太素了。买挂人，家一点颜色。"

不到假满，沈沅就回来了。

她的工作，和原先一样，还是当早稻田的助手。每天晚上，早稻田屋里的灯又是亮到十一二点。

很快到年底了。又开一年一度的先进工作者评选会了。赵所长叫沈沅也参加。

沈沅走进大田作物组的办公室。她已经五年没有走进这间屋子了。侯寡儿李主任客谢。他拉开一张椅子，亲切地让沈沅坐下。

"这还是你的那张椅子。"

沈沅坐下，点头注目，跟所有的人打了招呼。别人也挺亲切地向她点头致意。王咋唬假装低头削铅笔。沈沅看到他，也脸色一沉。

在酝酿候选人名单时，一向很少说话的早稻田头一个发言。

"我提一个人。"

"……谁？"

"沈沅。"

哄的一声，大家都笑了。连沈沅自己也笑了。

会议进行得很热烈，这回真正做到了开诚布公，畅所欲言。赵所长靠窗坐着，一边注意地听着，一边好~~象~~[像]想着什么事，一直没有说话。

会议快要结束时，外面下雪了。好雪！赵所长半眯着眼睛，看着大片大片的雪花落在广阔的田野上。

俊哥儿李叫他：

“赵所长，你讲讲吧！”

早稻田也说：

“是呀，您有什么指示呀？”

“指示？——没有。我在想：我，能不能附张老的议，投她——沈沅一票？好~~象~~[像]不能。刚才张老提出来，大家不是都笑了吗？我们毕竟还是生活在现实的世界里，还不能摆脱许多世俗的习惯和观念。那就等一等吧。‘我愿天公重抖擞，不拘一格降人才’……”他念了两句龚定盦的诗。接着又用极其沉重的声音念了两句《离骚》：‘亦余心之所善兮，虽九死其犹未悔！’”。

大家先是一愣，接着暴发出一阵深情而热烈的掌声。很多人的眼睛里噙着泪花。早稻田激动得~~象~~[像]一个孩子。

哄的一声，大家都笑了。连沈沅自己也笑了。

会议进行得很热烈，这回真正做到了开诚布公，畅所欲言。赵所长靠窗坐着，一边注意地听着，一边好象想着什么事，一直没有说话。

会议快要结束时，外面下雪了。好雪！赵所长半眯着眼睛，看着大片大片的雪花落在广阔的田野上。

傻哥儿李叫他：

“赵所长，你讲讲吧！”

吴福田也说：

“是呀，您有什么指示呀？”

“指示？——没有。我在想：我，能不能附张老的议，投他——沈沅一票？咱们大家不能。刚才张老提出来，大家不是都笑了吗？我们毕竟还是生活在现实的世界里，还不能摆脱许多世俗的习惯和观点。那就等一等吧。‘我劝天公重抖擞，不拘一格降人才’……”他念了两句龚定盦的诗。接着又用极其沉重的声音念了两句《离骚》：“亦余心之所善兮，虽九死其犹未悔！”。

大家先是一愣，接着暴发出一阵深情而热烈的掌声。很多人的眼睛里噙着泪花。吴福田激动得象一个孩子。

时间过得真快。我离开这个农科所快二十年了。

有一天，很偶然地在科技书籍门市部看到一出[本]新出版的《水稻栽培学》，好厚的一本。抽出来看看，著者署名是：张景昶·沈沅。沈沅写出书来了！张景昶？……噢，是早稻田！

沈沅快有四十岁了。她结婚了没有？

一九八〇年一月二十四日，三易稿

时间过得真快。我离开这个农科所快二十年了。

有一天，很偶然地在科技书籍门市部看到一本新出版的《水稻栽培学》，厚厚的一本。抽出来看看，著者署名是：张景勰·沈沅。沈沅写出书来了！張景勰？……噢，是早稻田！

沈沅快有四十岁了。她结婚了没有？

一九八〇年一月二十四日，三易稿

《羊舍一夕》汇校

附《王全》《看水》

羊舍一夕[1]

——又名：四个孩子和一个夜晚

一、夜晚[2]

火车过来了[3]。

“216！往北京的上行车。”老九说。

于是他们放下手里的工作，一起听火车。老九和小吕都好像[4]看见：先是一个雪亮的大灯，亮得叫人眼睛发胀。大灯好像在拼命地往外冒光，而且冒着汽[5]，嗤嗤地响。乌黑的铁，铮黄[6]的铜。然后是绿色的车身，排山倒海地冲过来。车窗蜜黄色的灯光连续地映在果园东边的树墙子上，一方块，一方块，川流不息地追赶着……每回看到灯光那样猛烈地从树墙子上刮过去，你总觉得会刮下满地枝叶来似的。可是火车一过，还是那样：树墙子显得格外的安详，格外的绿。真怪。

这些，老九和小吕都太熟悉了。夏天，他们睡得晚，老是到路口去看火车。可现在是冬天了。那么，现在是什么样子呢？小吕想象，灯光一定会从树墙子的枝叶空隙处漏进来，落到果园的地面上来吧。可能！他想象着那灯光映在大梨树地间作的葱地[7]里，照着一地的大葱蓬松的，[8]干的，[9]发白的叶子……

车轮的声音逐渐模糊成为一片，像刮过一阵大风一样，过去了。

“十点四十七。”老九说。老九在附近山头上放了好几年羊了，他知道每一趟火车的时刻。

留孩说：“贵甲哥怎么还不回来？”

老九说：“他又排戏去了，一定回来得晚。”

小吕说：“这是什么奶哥！奶弟来了也不陪着，昨天是找羊，今天又去排戏！”

留孩说：“没关系，以后我们就常在一起了。”

老九说：“咱们烧山药吃，一边说话，一边等他。小吕，不是还有一包高山顶*吗？坐上！外屋缸里还有没有水？”

“有！”

于是三个人一起动手：小吕拿沙锅舀了多半锅水，抓起一把高山顶来撮在里面。这是老九放羊时摘来的。老九从麻袋里掏山药——他们在山坡上自己种的。留孩把炉子通了通[10]，又加了点煤。[11]

屋里[12]一顺排了五张木床，联成一个大炕。一张是张士林的[13]，他[14]到狼山给场里去[15]买果树苗子去了。隔壁还有一间小屋，锅灶俱全，是老羊倌住的。[16]老羊倌请了假[17]，看[18]他的孙子去了。今天这里只剩下四个孩子：他们三个，和那个正在排戏的。[19]

屋里有一盏自造的煤油灯——老九用墨水瓶子改造的，一个炉子[20]。[21]外边还有一间空屋，是个农具仓库，放着硫铵、石灰、DDT[22]、铁桶、木叉、喷雾器……[23]外屋门插着。门外，右边是羊圈，里边[24]卧着四百只羊；前边是果园，什么都没有了，只剩下一点葱，还有一堆没有窖好的蔓菁。

---

* 高山顶：一种野生植物，可以当茶叶喝[25]。

现在什么也看不见，外边是无边的昏黑。[26]方圆左近，[27]就只有这个半山坡上有一点点亮光。夜，正在深浓起来。[28]

二、小吕

小吕是果园的小工。这孩子长得清清秀秀的。[29]原在本堡念小学。念到六年级了，忽然跟他爹说不想念了，要到农场做活去。他爹想：农场里能学技术，也能学文化，就同意了。后来才知道，他还有个心思。[30]他有个哥哥，在念高中，还有个妹妹，也在上学。他爹在一个医院里当炊事员。他见他爹张罗着给他们交费，买书，有时要去跟工会借钱，他就决定了：我去作活[31]，这样就是两个人养活五个人，我哥[32]能够念多高就让他念多高。

这样，他就到农场里来做活了。他用一个牙刷把子，截断了，一头磨平，刻了一个小手章：吕志国。每回领了工资，除了伙食、零用（买个学习本，配两节电池……），全部交给他爹。有一次，不知怎么弄的（其实是因为他从场里给家里买了不少东西：菜，果子），拿回去的只有一块五毛钱。他爹接过来，笑笑说：

“这就是两个人养活五个人吗？”

吕志国的脸红了。他知道他偶然跟同志们说过的话传到他爹那里去了。他爹并不是责怪他，这句嘲笑的话里含着疼爱。他爹想：困难是有一点的，哪里就过不去呢？这孩子！究竟走怎样一条路好：继续上学？还是让他在这个农场里长大起来？

小吕已经在农场里长大起来了。在菜园干了半年，后来调到果园，也都半年了。

在菜园里，他干得不坏，[33]组长说他学得很快，就是有点贪玩。调他来果园时，征求过他本人的意见，他像一个成年的大工一样，很爽快地说："行！在哪里干活还不是一样。"乍一到果园时，他什么都不摸头，不大插得上手，有点别扭。但没过多久，他就发现，原来果园对他说来是个更合适的地方。果园里有许多活，大工来做有点窝工，一般女工又做不了，正需要一个伶俐的小工。登上高凳，爬上[34]树顶，绑老架的葡萄条，果树摘心，套纸袋，捉金龟子，用一个小铁丝钩疏虫果，接了长长的竿子喷射天蓝色的波尔多液……在明丽的阳光和葱茏[35]的绿叶当中做这些事，既是严肃的工作，又是轻松的游戏，既"起了作用"，又很好玩，实在叫人快乐。这样的活，对于一个十四岁的孩子，不论在身体上、情绪上，都非常相投。

小吕很快就对果园的角角落落都熟悉了。他知道所有果木品种的名字：金冠、黄奎、元帅、国光、红玉、祝；烟台梨、明月、二十世纪、[36]蜜肠[37]、日面红、秋梨、鸭梨、木头梨；[38]白香蕉、柔丁香、老虎眼、大粒白、秋紫、金铃、玫瑰香、沙巴尔、黑汗、巴勒斯坦、白拿破仑……而且准确地知道每一棵果树的位置。有时组长给一个调来不久的工人布置一件工作，一下子不容易说清那地方，小吕在旁边，就说："去！小吕，你带他去，告诉他！"小吕有一件大红的球衣，干活时他喜欢把外面的衣裳脱去，于是，在果园里就经常看见通红的一团，轻快地、兴冲冲地弹跳出没于高高低低、深深浅浅的丛绿之中，惹得过路的人看了，眼睛里也不由得漾出笑意，觉得天色也明朗，风吹得也舒服。

小吕这就真算是果园的人了。他一回家就是说他的果园。他娘、他妹妹都知道，果园有了多少年了，有多少棵树，单葡萄就有八十多种，好多都是外国来的。葡萄还给毛主席送去过。有个大干部要路过这里，毛主席跟他说："你要过沙岭子，那里葡萄很好啊！"毛主席都知道的。果园里有些什么人，她们也都清清楚楚的了，大老张、二老张、大老刘、陈素花、恽美兰……还有个张士林！连这些人的家里的情形，他们有什么能耐，她们也都明明白白。连他爹对果园熟悉得也不下于他所在的医院了。他爹还特为上农场来[39]看过他儿子常常叨念的那个年轻人张士林。他哥放暑假回来，第二天，他就拉他哥爬到孤山顶上去，指给他哥看：

"你看，你看！我们的果园多好看！一行一行的果树，一架一架的葡萄，整整齐齐，那么大一片，就跟画报上的一样，电影上的一样！"

小吕原来在家里住。七月，果子大起来了，需要有人下夜护秋。组长照例开个会，征求大家的意见。小吕说，他愿意搬来住。一来夏天到秋天是果园最好的时候。满树满挂的果子，都着了色，发出香气，弄得果园的空气都是甜甜的，闻着都醉人。这时节小吕总是那么兴奋，话也多，说话的声音也大，好像家里在办喜事似的。二来是，下夜，睡在窝棚里，铺着稻草，星星，又大又蓝的天，野兔子窜来窜去，鸹鸹悠*叫，还可能有狼！这非常有趣。张士林曾经笑他："这小子，浪漫主义！"还有，搬过来，他可以和张士林在一起，日夜都在一起。

他很佩服张士林。曾经特为去照了一张相，送给张士林，在背面写道："给敬爱的士林同志！"他用的字眼是充满真实的意思的。他佩服张士林那么年轻，才十九岁，就对果树懂得那么多。不论是修剪，是嫁接，都拿得起来，而且能讲一套。有一次林业学校的学生来参观，由他领着给他们讲，讲的那些学生一楞一楞[40]的，不停地拿笔记本子记。领队的教员后来问张士林："同志，你在什么学校学习过？"张士林说："我上过高小。我们家世代都是果农，我是在果树林里长大的。"他佩服张士林说玩就玩，说看书就看书，看那么厚的，比一块城砖还厚的《果树栽培学各论》。佩服张士林能文能武，正跟场里的技术员合作搞试验，培养葡萄抗寒品种，每天拿个讲义夹子记载。佩服张士林能"代表"场里出去办事。采花粉呀，交换苗木呀……每逢张士林从场长办公室拿了介绍信，背上他的挎包，由

* 鸹鸹悠即猫头鹰。

宿舍走到火车站去，他就在心里[41]非常羡慕。他说张士林是去当“大使”去了。小张一回来，他看见了，总是连蹦带跳地跑到路口去，一面接过小张的挎包，一面说：“嗬！大使回来了！”

他愿意自己也像一个真正的果园技工。可是自己觉得不像。缺少[42]两样东西：一样是树剪子。这里凡是固定在果园做活的，每人都有一把树剪子，装在皮套子里，挎在裤腰带后面，远看像支伯朗宁手枪。他多希望也有一把呀，走出走进——赫！可是他没有。他也有使树剪子的时候。大的手术他不敢动，比如矫正树形，把一个茶杯口粗细的枝丫截掉，他没有那么大的胆子。像是丁个头什么的，这他可不含糊，拿起剪子叭叭地剪。只是他并不老使树剪子，因此没有他专用的，要用就到小仓库架子上去拿“官中”剪子。这不带劲！“官中”的玩意儿总是那么没味道，而且，当然总是，[43]不那么好使。净“塞牙”，不快，费那么大劲，还剪不断。看起来倒像是你不会使剪子似的！气人。

组长大老张见小吕剪两下看看他那剪子，剪两下看看他那剪子，心里发笑。有一天，从他的锁着的柜子里拿出一把全新的苏式树剪，叫：“小吕！过来！这把剪子交给你，由你自己使：钝了自己磨，坏了自己修，绷簧掉了——跟公家领，可别老把绷簧搞丢了。小人小马小刀枪，正合适！”周围的人都笑了：[44]因为这把剪子特别轻巧，特别小。小吕这可高了兴了，十分得意地说：“做啥像啥，卖啥吆喝啥嘛！”这算了了一桩心事。

自从有了这把剪子，他真是一日三摩挲。除了晚上脱衣服上床才解下来，一天不离身。没事就把剪子拆开来，用砂纸打磨得铮亮[45]，拿在手里都是精滑的。

今天晚上没事，他又打磨他的剪子了，在216次火车过去以前，一直在细细地磨。磨完了，涂上一层凡士林，用一块布包起来——明年再用。葡萄条已经铰[46]完，今年不再有使剪子的活了。

另外一样，是嫁接刀。他想明年自己就先练习削树码子，练得熟熟的，像大老刘一样！也不用公家的刀，自己买。用惯了，趁手[47]。他合计好了：

把那把双箭牌塑料把的小刀卖去，已经说好了，猪倌小白要。打一个八折。原价一块六，六八四十八，八得八[48]，一块二毛八。再贴一块钱，就可以买一把上等的角柄嫁接刀！他准备明天就去托黄技师，黄技师两三天就要[49]上北京。

三、老九

老九用四根油浸过的细皮条编一条一根葱的鞭子。这是一种很难的编法，四股皮条，这么绕来绕去的，一走神，就错了花，就拧成麻花要子了。老九就这么聚精会神地绕着，一面舔着他的舌头。绕一下，把舌头用力向嘴唇外边舔一下，绕一下，舔一下。有时忽然“唔！”的一声，那就是绕错了花了，于是拆掉重来。他的确是用的劲儿不小，一根鞭子，道道花一般紧，地道活计！编完了，从墙上把那根旧鞭子取下来，拆掉皮鞘[50]，把新鞭鞘[51]结在那个楸子木刨出来的又重又硬又光滑的鞭杆子上，还挂在原来的地方。

可是这根鞭子他自己是用不成了。

老九算是这个场子里的世袭工人。他爹在场里赶大车，又是个扶耧的好手。他穿着开裆裤的时候，就在场里到处乱钻。使砖头砸杏儿、摘果子、偷萝卜、刨甜菜，都有他。稍大一点，能做点事了，就什么也做，放鸭子，喂小牛，搓玉米，锄豆埂……最近三年正式固定在羊舍，当“羊伴子”——小羊倌。老九是土生土长（小吕家是从外地搬来的），这一带地方，不论是哪个山豁豁，渠坳坳，他都去过，用他自己的说法是“尿尿都尿遍了”。这一带的人，不问老少男女，也无不知道有个秦老九。每天早起，日头上来，露水稍干的时候，只要听见：

蓝蓝的天上白云飘，

白云下边[52]马儿跑……

就知是老九来了。——这孩子，生了一副上低音的宽嗓子！他每天把羊从圈里放出来，上了路，走在羊群前面，一定是唱这一支歌。一挥鞭子：

挥动鞭儿响四方——

百鸟齐飞翔……

矮粗矮粗的个子，方头大脸，黑眉毛大眼睛，大嘴，大脚。老九这双鞋也是奇怪，实纳帮，厚布底，满底钉了扁头铁钉，还特别大，走起来忒楞忒楞地响。一摇一晃的，来了！后面是四百只白花花的，挨挨挤挤，颤颤游游的羊，无数的小蹄子踏在地上，走过去像下了一阵暴雨。

老九发育得快，看样子比小吕魁伟壮实得多，像个小大人了[53]。可是，有一次，他拿了家里的碗去食堂买饭，[54]那碗可可[55]跟食堂的碗一样，恰好食堂里[56]这两天丢了几个碗，[57]管理员看见了，就说是食堂的，并且大声宣告"秦老九偷了食堂的碗！"老九把脸涨得通红，一句话说不出，忽然嚎叫起来：

"我 × 你妈！"

一面毫不克制地咧开大嘴哇哇地哭起来，使得一食堂的人都喝叱起来：

"唳噫[58]，不兴骂人！"

"有话慢慢说，别哭！"

老九要是到了一个新地方，在一个新单位，做了真正的"工人"，若是又受了点委屈，觉得自尊心受了损伤，还会这样哭，这样破口骂人么？

老九真的要走了，要去当炼钢工人去了。他有个舅舅，在第二炼钢厂当工人，早就设法让老九进厂去学徒[59]，他爹也愿意。有人问老九：

“老九，你咋啦，[60]你不放羊了么？”

这叫老九很难回答。谁都知道炼钢好，光荣，工人阶级是老大哥。但是放羊呢？他就说：

“我爹不愿意我放羊，他说放羊不好。”

他也竭力想同意他爹的看法，说：

“放羊不好，把人都放懒了，啥也不会！”

其实他心里一点也不同意！如果[61]这话要是别人说的，他会第一个起来[62]大声反驳：“你瞎说！你凭什么！[63]”

放羊？嘿——

每天早起，打开羊圈门，把羊放出来。挥着鞭子，打着唿哨，嘴里“嗄！嗄！”地喝唤着，赶着羊上了路。按照老羊倌的嘱咐，上哪一座山。到了坡上，把羊打开，一放一个满天星——都匀匀[64]地撒开；或者凤凰单展翅——顺着山坡，斜斜地上去，走成一长溜[65]。羊安安驯驯地吃开草，就不用操什么心了。羊群缓缓地往前推移，远看，像一片云彩在坡上流动。天也蓝，山也绿，洋河的水在树林子后面白亮白亮的。农场的房屋、果树，都看得清清楚楚。一列一列的火车过来过去，看起来又精巧又灵活，简直不像是那么大的玩意。真好呀，你觉得心都[66]轻飘飘的。

“放羊不是艺，笨工子下不地！*”不会放羊的，打都打不开。羊老是恋成一疙瘩，挤成一堆，走不成阵势，吃不好草。老九刚放羊时，[67]也是这样。老九蹦过来，追过去，累得满头大汗，心里急咚咚[68]地跳，还是弄不好！有一次，老羊倌病了，就他跟丁贵甲两个人上山，丁贵甲也还没什么经验，竟至弄得羊散了群，几乎下不了山。现在，老羊倌根本不怎么上山了，他俩[69]也满对付得了这四百只羊了。问[70]老九：“放羊是咋放法？”他也说不出，但是他会告诉你老羊倌说过的：看羊群一走，就知

* “笨工子”是外行。“下不地”是说应付不了。

道这羊倌放了几年羊了。

放羊的能吃到好东西。山上有野兔子，一个有六七斤重。有石鸡子，有半子。石鸡子跟小野鸡似的，一个准有十两肉。半子一个准是半斤。你听：“呱格丹，呱格丹！呱格丹！”那是母石鸡子唤她汉子了。你不要忙，等着，不大一会，就听见对面山上“呱呱呱呱呱呱……”，你轻手轻脚地去，一捉就是一对。山上还有鸬鸬，就是野鸽子。“天鹅、地鹊，[71]鸽子肉、黄鼠”，这是上讲究的。鸬鸬肉比鸽子还好吃。黄鼠也有，不过滩里更多。放羊的吃肉，只有一种办法：和[72]点泥，把打住的野物糊起来，拾一把柴架起火来，烧熟。真香！山上有酸枣，有榛子，有榛林[73]，有红姑蔫，有酸溜溜，有梭瓜瓜，有各色各样的野果。大北滩有一片大桑树林子，夏天结了满树的大桑椹，也没有人去采，落在地下，把地皮都染紫了。每回放羊回来经过，一定是“饱餐一顿”，吃得嘴唇、牙齿、舌头，都是紫的，真过瘾！……

放羊苦么？

咋不苦！最苦是夏天。羊一年上不上膘，全看夏天吃草吃得好不好。夏天放羊，[74]又全靠晌午。[75]“打柴一日，放羊一晌”。早起的露水草，羊吃了不好。要上膘，要不得病，就得吃太阳晒过的蔫筋草。可是这时正是最热的时候。不好找个荫凉地方躲着么？不行啊！你怕热，羊也怕热哩，它不给你好好地吃！它也躲荫凉。你看：都把头埋下来，挤成一疙瘩，净想躲在别的羊的影子里，往别个的肚子底下钻。这你就得不停地打。打散了，它就吃草了。可是打散了，一会会，它又挤到一块去！打散了，一会会，它又挤到一块去了。你想休息？甭想。一夏天这么大太阳晒着，烧得你嘴唇、上颚都是烂的！

真渴呀。这会，农场里给预备了行军壶，自然是好了。若[76]是在旧社会，给地主家放羊，他不给你带水。给你一袋炒面，你就上山吧！你一个人，又不敢走远了去弄水，狼把羊吃了怎办？渴急了，就只好自己喝自己的尿。这在放羊的不是稀罕[77]事。老羊倌就喝过，丁贵甲小时当小羊伴子，也喝过，老九没喝过。不过他知道这些事。就是有行军壶，你也不敢多喝。若是敞开来，由着性儿喝，好家伙，那得多少水？只好抿一点儿，抿一点儿，叫嗓子眼潮润一下就行。

好天还好说，就怕刮风下雨。刮风下雨也好说，就怕下雹子。老九就遇上[78]过。有一回，在马脊梁山，遇了一场大雹子！下了足有二十分钟，足有鸡蛋大。砸得一群羊惊惶失措，满山乱跑，咩咩地叫成一片。砸坏了二三十只，跛了腿，起不来了。后来是老羊倌、丁贵甲和老九一趟一趟地抱回来的。吓得老九那天沉不住了，脸上一阵白，一阵紫，他觉得透不出气来。不是老羊倌把他那个竹皮大斗笠给他盖住，又给他喝了几口他带在身上的白酒，说不定就回不来啦。

但是这些，从来也没有使老九告过孬，发过怵。他现在回想起来倒都觉得很痛快，很甜蜜，很幸福。他甚至觉得遇上那场雹子是运气。这使他觉得生活丰富、充实，使他觉得自己能够算得上是一个有资格，有经验的羊倌了，是个见识过的，干过一点事情的人了，不再是只知道要窝窝吃的毛孩子了。这些，[79]苦热、苦渴、风雨、冷雹，将和那些蓝天、白云、绿山、白羊、石鸡、野兔、酸枣、桑椹互相融和调合起来，变成一幅浓郁鲜明的图画，永远记述着秦老九的十五岁的少年的光阴[80]，日后使他在不同的环境中还会常常回想[81]。他从这里得到多少有用的生活的技能和知识，受了多好的陶冶和锻炼啊。这些，在他将来炼钢的时候，或者履行着别样的职务时，都还会在他的血液里涌洑，给予他持续的力量。

但是他的情绪日渐向往于炼钢了。他在电影里，在招贴画上，看过不少炼钢的工人，他的关于炼钢的知识和印象也就限于这些。他不止一次设想自己下一个阶段的样子——一个炼钢工人：戴一顶大八角鸭舌帽，帽舌下有一副蓝颜色的像两扇小窗户一样的眼镜，穿着水龙布的工作服——他不知那是什么布，只觉得很厚，很粗，场子里有水泵，水泵上用的管子也是用布做的，也很厚，很粗，他以为工作服就是那种布——戴了很大很大的手套，拿着一个很长的后面有个大圈的铁家伙……没人的时候，他站在床上，拿着小吕护秋用的标枪，比划着，比划着。他觉得前面，[82]偏左一点，是炼钢的炉子，轰隆轰隆的熊熊的大火。他觉得火光灼着他的眼睛，甚至感觉得到[83]他左边的额头和脸颊上明明有火的热度。他的眼睛眯细起来，眯细起来……他出神地体验着，半天，半天，一动也不动。果园的大老张一头闯进来，看见老九脸上的古怪表情（姿势赶快就改了，标枪也撂了，可是脸上没有来得及变样——他这么眯细着太久了，肌肉一下子也变不过来），忍不住问："老九，你在干啥呢？你是怎么啦？"

今天晚上，老九可是专心致意地打了一晚上鞭子。你已经要去炼钢了，还编什么鞭子呢？

一来是习惯。[84]他不还没有[85]走吗？他明天把行李搬回去，叫他娘拆洗拆洗，三天后才动身呢。那么，既在这里，总要找点事做。这根鞭子早就想到要编了。编起来，他不用，总有人用。何况，他本来已经想好，在编着的时候又更确实地重复了一遍他的决定：这根鞭子送给留孩，明天走的时候送给他。

四、留孩和丁贵甲

留孩和丁贵甲是奶兄弟。这一带风俗，对奶亲看得很重。结婚时先给奶爹奶母磕头；奶爹奶母死了，像给自己的爹妈一样的戴孝。奶兄弟，奶姊妹，比姨姑兄弟姊妹都亲。丁贵甲的亲娘还没有出月子就死了，丁贵甲从小在留孩娘跟前寄奶。后来丁贵甲的爹得了腰疼病，终于也死了。他在给人家当小羊伴子以前，一直就在留孩家长大。丁贵甲有时请假说[86]回家看看，就指的是留孩的家。除此之外，他的家便是这个场了。

留孩一年也短不了来看他奶哥。过去大都是他爹带他来，这回是他自己来的——他爹在生产队里事忙，三五天内分不开身；[87] 而且他这回来和往回不同：他是来谈工作的。他要来顶老九的手。留孩早就想过 [88] 这个场里来工作。他奶哥也早跟场领导提了。这回谈妥了，老九一走，留孩就搬过来住。

留孩，你为什么想到场子里来呢？这儿有你奶哥；还有？——“这里好。”这里怎么好？——“说不上来。”

…………[89]

这里有火车。

这里有电影，两个星期就放映一回，常演打仗片子，捉特务。

这里有很多小人书。[90] 图书馆里有一大柜子。

这里有很多机器。播种机、收割机、脱粒机……张牙舞爪，排成一大片。

这里庄稼都长得整齐。先用个大三齿耙似的家伙在地里划出线，长出来，笔直。

这里有花生、芝麻、红白薯……这一带都没有种过，也长得挺好。

有果园，有菜园。

有玻璃房子，好几排，亮堂堂的，冬天也结西红柿，结黄瓜。黄瓜那么绿，西红柿那么红，跟上了颜色一样。

有很多鸡[91]，都一色是白的[92]；有很多鸭[93]，也一色是白的[94]。风一吹，白毛儿忒勒勒飘翻起来，真好看。有很多很多猪，都是短嘴头子，大腮帮子，巴克夏，约克夏。这里还有养鱼池，看得见一条一条的鱼在水里游……

这里还有羊。这里的羊也不一样。留孩第一次来，一眼就看到：这里的羊都长了个狗尾巴。不是像那样扁不塌塌的沉甸甸颤巍巍的坠着，遮住屁股蛋子，而是很细很长的一条，当郎着。他先初 [95] 以为这不像样子，怪寒伧 [96] 的。后来当然知道，这不是本地羊，是本地羊和高加索绵羊的杂交种。这种羊，一把都抓不透的毛子，做 [97] 一件皮袄，三九天你尽管躺到洋河冰上去睡觉吧！既是这样，那么尾巴长得不大体面，也就可以原谅了。

那两头“高加索”，好家伙，比毛驴还大。那么大个脑袋（老羊倌说一个脑袋有十三斤肉），两盘大角，不知绕了多少圈，最后还旋扭着向两边支出来。脖子下的皮[98]皱成数不清的折子，鼓鼓囊囊的，像围了一个大花领子。老是慢吞吞地，稳稳重重地在草地上踱着步。时不时地，停下来，斜着眼，这边看看，那边看看，样子很威严，很尊贵。留孩觉得它很像张士林的一本游记书上画的盛装的非洲老酋长。[99]老九叫他骑一骑。留孩说：“羊嘛，咋骑得！”老九说：“行！”留孩当真骑上去，不想它立刻围着羊舍的场子开起小跑来，步子又匀，身子又稳！原来这两只羊已经叫老九训练得很善于做本来是驴应做的事了。

留孩，你过两天就是这个场子里的一个农业工人了。就要一天[100]和这两个老酋长[101]，还有那四百只[102]狗尾巴的羊作伴了，[103]你觉得怎么样，好呢还是不好？——“好。”

场子里老一点的工人都还记得丁贵甲刚来的时候的样子。又干又瘦，披了件丁令当郎的老羊皮，一卷行李还没个枕头粗。问他多大了，说是十二，谁也不相信。待问过他属什么，算一算，[104]却又不错。不论什么时候，都是那么寒簌簌的；见了人，总是那么怯生生的。有的工人家属见他走过，私下担心：这孩子怕活不出来。场子里支部书记有一天远远地看了他半天，说，这孩子怎么的呢，别是有病吧，送医院里检查检查吧。一检查：是肺结核。在医院整整住了一年，好了，人也好像变了一个。接着，这小子，好像遭了掐脖旱*的小苗子，一朝得着足量的肥水，飕飕[105]地飞长起来[106]，三四年工夫，长成了一个肩阔胸高腰细腿长的，非常匀称挺拔的小伙子。一身肌肉，晒得紫黑紫黑的。照一个当饲养员的王全老汉的说法：像个小马驹子。

---

* 小苗子遭到旱天，好像被掐住了脖子一样不能往高里长，所以叫“掐脖旱”。[107]

这马驹子如今是个无事忙，什么事都有他一份。只要是球，他都愿意[108]摸一摸。放了一天羊，爬了一天山，走了那么远的路，回来扒拉两大碗饭，放下碗就到球场上去。逢到节日，有球赛，连打两场，完了还不休息。别人都已经走净了，他一个人在月亮地里还[109]绷楞绷楞地射篮[110]。摸鱼，捉蛇，掏雀，撵兔子，只要一声吆唤[111]，马上就跟你走。哪里有夜战，临时突击一件什么工作，挑渠啦，挖沙啦，不用招呼，他扛着铁锹就来了。也不问青红皂白，吭吭就干起来。冬天刨冻粪，这是个最费劲的活，常言说："刨过个冻粪哪！作过个怕梦哪！"他最愿意[112]揽这个活。使尖镐对准一个口子，别[113]足了劲："许一个猪头——开！许一个羊头——开！开——开！狗头也不许了*！"

这小伙子好像有太多过剩的精力，不找点[114]什么重实点的活消耗消耗，就觉得不舒服似的。

小伙子一天无忧无虑，不大有心眼。[115]什么也不盘算。开会很少发言，学习也不大好，在场里陆续认下的两个字[116]还没有留孩认得的多。整天就知道干活、[117]玩。也喜欢看电影。他把所有的电影分成两大类：一类是打仗的，一类是找媳妇的。凡是打仗的，就都"好！"凡是找媳妇的，就"喽噫，不看不看！"找媳妇的电影尚且不看，真的找媳妇那更是想都不想了。他奶母早就想张罗着给他寻一个对象了。每次他回家，他奶母都问他场子里有没有好看的姑娘，他总是回答得不得要领。他说林凤梅长得好，五四也长得好。问了问，原来林凤梅是场里生产队长的爱人，已经生过三个孩子；五四是个幼儿园的孩子，一九五四年生的！好像恰恰是[118]和他这个年龄相当的，他都没有留心过。奶母没法，只好摇头。其实场子里这个年龄的，很有几个，也有几个长得不难看的。她们有时谈悄悄话的时候，也常提到他。有一个念过一年初中的菜园组长的女儿，给他做了个鉴定，说："他长得像周炳，有一个名字正好送给他：《三家巷》第一章的题目！"其余

---

* 这本来是开山的[119]石匠的习语。在石头未破开前许愿：如果开了，则用一个羊头、[120]猪头作贡献；但当真开了，即[121]什么也不许了。

几个没有看过《三家巷》的，就找了这本小说来看。一看，原来是："长得很俊的傻孩子"，她们格格格地笑了一晚上。于是每次在丁贵甲走过时，她们就更加留神看他，一面看，一面想想[122]这个名字，便格格格地笑。这很快就固定下来，成为她们私下对于他的专用的称呼，后来又简化、缩短，由"长得很俊的傻孩子"变成"很俊的——"。正在做活，有人轻轻一嘀咕："嗨！很俊的来了！"于是都偷眼看他，于是又格格格的[123]笑。

这些，丁贵甲全不理会。他一点也不知道他有这么一个名字。起先两回，有人在他身后格格地笑，笑得他也疑惑，怕是老九和小吕在他歇晌时给他在脸上画了眼镜或者胡子。后来听惯了，也不以为意[124]，只是在心里说：丫头们，事多！

其实，丁贵甲因为从小失去爹娘，多受苦难，在情绪上智慧上所受的启发诱导不多；后来在这样一个集体的环境中成长，接触的人事单纯，又缺少一点文化，以致形成他思想单纯，有时甚至显得有点楞[125]，不那么精伶[126]。这是一块璞，如果在一个更坚利精微的沙轮[127]上磨洗[128]一回，就会放出更晶莹的光润。理想的沙轮，是部队。丁贵甲正是日夜念念不忘地想去参军。他之所以一点也[129]不理会"丫头们"的事，也和他的立志做[130]解放军战士有关。他现在正是服役适龄。上个月底，刚满十八足岁。

丁贵甲这会儿正在演戏。他演戏，本来不合适，嗓子不好，唱起来不搭调。[131]而且他也未必是对演戏本身真有兴趣。真要派他一个重要一点的角色，他会以记词为苦事，背锣经为麻烦。他的角色也不好派，导演每次都考虑很久，结果总是派他演家院。就是演家院，他也不像个家院。照一个天才鼓师（这鼓师即猪倌小白，比丁贵甲还小两岁，可是打得一手好鼓）说："你根本就一点都不像一个古人[132]！"可不是，他直直地站在台上，太健康，太英俊，实在不像那么一回事，虽则是穿了老斗衣[133]，还挂了一副白满。但是他还是非常热心地去。他大概不过是觉得排戏人多，好玩，红火，热闹，大锣大鼓地一敲，哇哇地吼几嗓子，这对他的蓬勃炽旺的生命，是能起鼓扬疏导作用的。他觉得这么闹一阵，舒服。不然，这么长的黑夜，你叫他干什么去呢，难道像王全似的摊开盖窝[134]睡觉？

现在秋收工作已经彻底结束，地了场光，粮食入库，冬季学习却还没有开始，所以场里决定让业余剧团演两晚上戏，劳逸结合。新排和重排的三个戏里都有他，两个是家院，一个是中军。以前已经拉[135]了几场了，最近连排三个[136]晚上，可是他不能去，这把他着急坏了。

因为丢了一只半大羊羔子。大前天，老九舅舅来了，早起老九和丁贵甲一起把羊放上山，晌午他先回一步，丁贵甲一个人把羊赶回家的。入圈的时候，一数，少了一只。丁贵甲连饭也没吃，告诉小吕，叫他请大老张去跟生产队说一声，转身就返回去找了。找了一晚上，十二点了，也没找到。前天，叫老九把羊赶回来，给他留点饭，他又一个人找了一晚上，还是没找到。回来，老九给他把饭热好了，他吃了多半碗就睡了。这两天老羊倌又没在，也没个人讨主意！昨天，生产队说：找不到就算了，算是个事故，以后不要麻痹。看样子是找不到了，两夜了，不是叫人拉走，也要叫野物吃了。但是他不死心，还要找。他上山时就带了一点干粮，对老九说："我准备找一通夜！找不到不回来。若是人拉走了，就不说了；若是野物吃了，骨头我也要找它回来，它总不能连皮带骨头全都咽下去。不过就是这么几座山，几片滩，它不能土遁了，我一个脚印一个脚印地把你盖遍了，我看你跑到哪里去！"老九说他把羊赶回去也来，还可以叫小吕一起来帮助找，丁贵甲说："不。家里没有人怎么行？晚上谁起来看羊圈？还要闷料——玉黍在老羊倌屋里，先用那个小麻袋里的。小吕子不行，他路不熟，胆子也小，黑夜没有在山野里呆过。"正说着[137]，他奶弟来了。他知道他这天来的，就跟奶弟说："我今天要找羊。事情都说好了，你请小吕陪你到办公室，填一个表，我跟他说了。晚上你先睡吧，甭等我。我叫小吕给你借了几本小人书，你看。要是有什么问题，你先找一下大老张，让他告给你。"

晚上，老九和留孩都已经睡实了，小吕也都[138]正在迷糊着了——他们等着等着都困了，忽然听见他连笑带嚷地来了：

“哎！找到啦！找到啦！还活着哩！哎！快都起来！都起来！找到啦！我说它能跑到哪里去呢？哎——”

这三个人赶紧一骨碌都起来，小吕还穿衣裳，老九是光着屁股就跳下床来了。留孩根本没脱——他原想等他奶哥的，不想就这么睡着了，身上的被子也不知是谁给搭上的。

“找到啦？”

“找到啦！”

“在哪儿哪？”

“在这儿哪。”

原来他把自己的皮袄脱下来给羊包上了，所以看不见。大家于是七手八脚地给羊舀一点水，又倒了点精料让它吃。这羔子，饿得够呛，乏得不行啦。一面又问：

“在哪里找到的？”

“怎么找到的？”

“黑咕咚咚[139]的，你咋看见啦？”

丁贵甲嚼着干粮（他干粮还没吃哩），一面喝水，一面说：

“我哪儿哪儿都找了。沿着我们那天放羊走过的地方，来回走了三个过儿——前两天我都来回地找过[140]了：没有！我心想：哪儿去了呢？我一边找，一边捉摸它的个头、长象[141]，想着它的叫声，忽然，我想起：叫叫看，怎么样？试试！我就叫！满山遍野地叫。不见答音。四外静悄悄的，只有宁远铁厂的吹风机好像远远地[142]呼呼地响，也听不大真切，就我一个人的声音。我还叫。忽然，——‘咩……’我说，别是我耳朵听差了音，想的？我又叫——‘咩……咩……’这回我听真了，没错！这还能错？我天天听惯了的，娇声娇气的！我赶紧奔过去——看我磕膝[143]上摔的这大块青，——破了！路上有棵新伐树桩子，我一喜欢，忘了，叭叉摔出去丈把远，喔唷，真他妈的！肿了没有？老九，给我拿点碘酒——不要二百二，要碘酒，妈的，辣辣的，有劲！——把我帽子都摔丢了！我找了羊，又找帽子。找帽子又找了半天！真他妈缺德！他早不伐树晚不伐树，赶爷要找羊了，他伐树！

"你说在哪儿找到的？太史弯不有个荒沙梁子吗？拐弯那儿不是叫山洪冲了个豁子吗？笔陡的？[144]那底下不是坟滩吗？前天，老九，我们不是看见人家迁坟吗，刨了一半，露了棺材，不知为什么又不刨了！这 东西，爷要打你！它不是老爱走外手边*吗，大概是豁口那儿沙软了，往下塌，别的羊一挤，它就滚下去了！有那么巧，可可掉在坟窟窿里！掉在烂棺材里！出不来了！棺材在土里埋了有日子了，糟朽了，它一砸，就折了，它站在一堆死人骨头里，——那里头倒不冷！不然饿不杀你也冻杀你[145]！外边挺黑。可我在黑里头久了，有点把星星的光就能瞅见。我又叫一声——'咩……'不错！就在这里。它是白的，我模模糊糊看见有一点白晃晃的，下面一摸，正是它！小东西！可把爷担心得够呛！累得够呛！明天就叫伙房宰了你！我看你还爱走外手边！还爱走外手边？唔？"

等羊缓过一点来，有了精神，把它抱回羊圈里去，收拾睡下，已经是后半夜了。

今天，白天他带着留孩上山放了一天羊，告诉他什么地方的草好，什么地方有毒草。几月里放阳坡，上什么山；几月里放阴坡，上什么山；什么山是半椅子臂**，该什么时候放。哪里蛇多，哪里有个暖泉，哪里地里有碱。看见大栅栏落下来了，千万不能过——火车要来了。片石山每天十一点五十要放炮崩山，不能去那里……其实日子长着呢，非得赶今天都告诉你奶弟干什么？

晚上，烧了一个小吕在果园里拾来的刺猬，四个人吃了，玩了一会，他就急急忙忙去侍候他的家爷和元帅去了，[148]他知道奶弟不会怪他的。[149]到这会还不回来！

---

* 外手边是右边。这本来是赶车人的说法。赶车人都习惯于跨坐在左辕[146]，所以称左边为里手边或里边，右边为外手边或外边。

** 南北方向的小岭，两边坡上都常见阳光，形状略似椅臂者[147]。

五、夜，正在[150]深浓起来

小吕从来没放过羊，他觉得很奇怪，就问老九和留孩：

“你们每天放羊，都数么？”

留孩和老九同声回答：

“当然数，不数还行哩？早起出圈，晚上回来进圈，都数。不数，丢了你怎么知道？”

“那咋数法？”

咋数法？留孩和老九不懂他的意思，两个人互相看看。老九想了想，哦！[151]

“也有两个一数的，也有三个一数的，数得过来五个一数也行，数不过来一个一个地数！”

“不是这意思！羊是活的嘛！它要跑，这么窜着蹦着挨着挤着，又不是数一笸箩梨，一把树码子，摆着。这你怎么数？”

老九和留孩想一想，笑起来。是倒也是，可是他们小时候放羊用不着他们数，到用到自己数的时候，自然就会了。[152]从来没发生这样的问题。老九又想了想，说：

“看熟了。羊你都认得了，不会看花了眼的。过过眼就行。猪舍那么多猪，我看都是一样。小白就全都认得，小猪娃子跑出来了，他一把抱住，就知往哪个圈里送。也是熟了，一样的。”

小吕想象，若叫自己数，一定不行，非数乱了不可！数着数着，乱了——重来；数着数着，乱了——重来！那，一天早上也出不了圈，晚上也进不了家，净来回数了！他想着那情景，不由得嘿嘿地笑起来，下结论说：

“真是隔行如隔山。”

老九说：

“我看你给葡萄花去雄授粉，也怪麻烦的！那么小的花须，要用镊子夹掉，还不许蹭着柱头！我那天夹了几个，把眼都看酸了！”

小吕又想起昨天晚上丁贵甲一个人满山叫小羊的情形，想起那么黑，那么静，就只听见自己的声音，想起坟窟窿，棺材，对留孩说：

“你奶哥胆真大！”

留孩说：“他现在胆大，人大了。”

小吕问留孩和老九：

“要叫你们去，一个人，敢么？”

老九和留孩都没有肯定地回答。老九说：

“丁贵甲叫羊急的，就是怕，也顾不上了。事到临头，就得去。这一带他也走熟了。他晚上排戏还不老是十一二点回来。也就是解放后。[153] 我爹说，十多年头里，过了扬旗，晚上就没人敢走了。那里不清静，劫过人，还把人杀了。”

“在哪里？”

“过了扬旗。准地方我也不知道。”

…………[154]

“——这里有狼么？”小吕想到狼了。

“有！”

“河南*狼多，”留孩说，“这两年也少了。”

“他们说是五八年大炼钢铁炼的，到处都是火，烘烘烘，狼都吓得进了大山了。有还是有的。老郑黑夜浇地还碰上过。”

“那我怎么下了好几个月夜，也没碰上过？”

“有！你没有碰上就是了。要是谁都碰上，那成了[155] 口外的狼窝沟

---

* 洋河以南。

了！这附近就有，还来果园。你问大老刘，他还打死过一只——一肚子都是葡萄。”

小吕很有兴趣了，留孩也奇怪，怎么[156]都是葡萄，就都一起问：

“咋回事？咋回事？”

“那年，还是李场长在的时候哩！葡萄老是丢，而且总是丢白香蕉。大老刘就夜夜守着，原来不是人偷的，是一只狼。李场长说：‘老刘，你敢打么？’老刘说，[157]‘敢！’老刘就对着它每天来回走的那条车路，挖了一道壕子，趴在里面，拿上枪，上好子弹，等着——”

“什么枪，是这支火枪么？”

“不是，”老九把羊舍的火枪往身边靠了靠，说，“是老陈守夜的快枪——等了它三夜，来了！一枪就给撂倒了。打开膛：[158]一肚子都是葡萄，还都是白香蕉！这老家伙可会挑嘴哩，它也知道白香蕉葡萄好吃！”

留孩说：“狼吃葡萄么？狼吃肉，不是说‘狼行千里吃肉’么？”

老九说：“吃。狼也吃葡萄。”

小吕说：“这狼大概是个吃素的，是个把斋的老道！”

说得留孩和老九都笑起来。

“都说狼会赶羊，是真的么？狼要吃哪只羊，就拿尾巴拍拍它，像哄孩子一样，羊就乖乖地在前头走，是真的么？”

“哪有这回事！”

“没有！”

“那人怎么都这么说？”

“是这样——狼一口咬住羊的脖子，拖着羊，羊疼哩，就走，狼又用尾巴抽它，——哪是拍它！嗯擞——嗯擞——嗯擞，看起来轻轻的，你看不清楚，就像狼赶羊，其实还是狼拖羊。它要不咬住它，它跟你走才怪哩！”

“你们看见过么？留孩，你见过么？”

“我没见过，我是在家听贵甲哥说过的。贵甲哥在家给人当羊伴子时候，可没少见过狼。他还叫狼吓出过毛病，这会不知好了没有，我也没问他。”

这连老九也不知道，问：

“咋回事？”

“那年，他跟上羊倌上山了。我们那里的山高，又陡，差不多的人连羊路都找不到。羊倌到沟里找水去了，叫贵甲哥一个人看一会。贵甲哥一看，一群羊都惊起来了，一个一个哆里哆嗦的，又低低地叫唤。贵甲哥心里嗯通一下——狼！一看，灰黄灰黄的，毛茸茸的，挺大，就在前面山杏丛里。旁边有棵树，吓得贵甲哥一窜[159]就上了树。狼叼了一只大羔子，使尾巴赶着，嗦啦[160]一下子就从树下过去了，吓得贵甲哥尿了一裤子。后来，[161]只要有点着急事[162]，下面就会津津地漏出尿来。这会他胆大了，小时候，——也怕。”

“前两天丢了羊，也着急了，咱们问问他尿了没有！[163]”

“对！问他！不说就扒他的裤子检查！”

茶开了。小吕把沙锅端下来，把火边的山药翻了翻。老九在挎包里摸了摸，昨天吃剩[164]的朝阳瓜子还有一把，就兜底倒出来，一边喝着高山顶，一边嗑瓜子。

“你们说，有鬼没有？”这回是老九提出问题。

留孩说：“有。”

小吕说：“没有。”

“有来，”老九自己说，“就在咱们西南边，不很远，从前是个鬼市，还有鬼饭馆。人们常去听，半夜里，乒乒乓乓地炒菜，杓子铲子响，可热闹啦！”

“在哪里？”这小吕倒很想去听听，这又不可怕。

“现在没有了。现在那边是兽医学校的牛棚。”

“哎噫——”小吕失望了，“我不相信，这不知是谁造出来的！鬼还炒菜？！[165]”

留孩说：“怎么没有鬼？我听我大爷说过：

“有一帮河南人，到口外去割莜麦。走到半路上，前不巴村，后不巴店，天也黑夜了，有一个旧马棚，空着，也还有个门，能插上，他们就住进去了。在一个大草滩子里，没有一点人烟。都睡下了。有一个汉子烟瘾大，点了个蜡头在抽烟。听到外面有人说：

“[166]‘你老们，起来解手时多走两步噢，别尿湿了我这疙瘩毡子，[167]我就这么一块毡子啊！’

“这汉子也没理会，就答了一声：

“‘知道啦。’

“一会儿，又是：

“‘你老们，起来解手时多走两步噢，别尿湿了我这疙瘩毡子，[168]我就这么一块毡子啊！’

“‘知道啦。’

“一会会[169]，又来啦：

“‘你老们，起来解手时多走两步噢，[170]我就这么一块疙瘩毡子！’

“‘知道啦！你怎么这么噜苏[171]啊！’

“‘我怎么噜苏啦？’

“‘你就是噜苏！’

“‘我怎么噜苏！’

“‘你噜苏！’

“两个就隔着门吵起来，越吵越凶。外面说：

“‘你敢给爷出来！’

“‘出来就出来！’

“那汉子伸手就要拉门，回身一看：所有的人都拿眼睛看住他，一起轻轻地摇头。这汉子这才想起来，吓得脸煞白——”

“怎么啦？”

“外边怎么可能有人啊，这么个大草滩子里？撒尿怎么会尿[172]湿了他的毡子啊？他们都想，来的时候仿佛离墙不远有一疙瘩土，像是一个坟。这是鬼，是也是像他们一样背了一块毡子来割莜麦的，死在这里了。这大概还是一个同乡。

“第二天，他们起来看，果然有一座新坟。他们给他[173]加加土，就走了。”

这故事倒不怎么可怕，只是说得老九和小吕心里都为这个客死在野地里的[174]只有一块毡子的河南人很不好受。夜已经很深了，他们也不想喝茶了，瓜子还剩一小撮，也不想吃[175]了。

过了一会，忽然，老九的脸色一沉：

“什么声音？”

是的！轻轻的，但是听得很清楚，有点像羊叫，又不太像。老九一把抓起火枪：

“走！”

留孩立刻理解：羊半夜里从来不叫，这是有人偷羊了！他跟着老九就出来。两个人直奔羊圈。小吕抓起他的标枪，也三步抢出门来，说：“你们去羊圈看看，我在这里，家里还有东西。”

老九、留孩用手电照了照几个羊圈，都好好的，羊都安安静静地卧着，门、窗户，都没有动。正察看着，听见小吕喊：

“在这里了！”

他们飞跑回来，小吕正闪在门边，握着标枪，瞄着屋门：

“在屋里！”

他们略一停顿，就一齐踢开门进去。外屋一照，没有。上里屋。里屋灯还亮着，没有。床底下！老九的手电光刚向下一扫，听见床下面“扑嗤”的一声——

“他妈的，是你！”

“好！你可吓了我们一跳！”

丁贵甲从床底下爬出来，一边爬，一边笑得捂着肚子。

“好！要我们！打他！”

于是小吕、老九一齐扑上去，把丁贵甲按倒，一个压住脖子，一个骑住腰，使劲打起来。连留孩也上了手，拽住他企图往上翻拗的腿。一边打，一边说，骂；丁贵甲在下面一边招架，一边笑，说。

“我看见灯……还亮着……我说，试试这几个小鬼！……我早就进屋了！拨开门划，躲在外屋……我嘻嘻嘻……叫了一声，听见老九，嘻嘻嘻嘻[176]——”

“妈的！我听见‘咩——咩’的一声，像是只老公羊！是你！这小子！这小子！”

“老九……拿了手电嘻嘻就……走！还拿着你娘的……火枪嘻嘻，呜噫，别打头！小吕嘻嘻嘻拿他妈一根破标……枪嘻嘻，你们只好……去吓鸟！”

这么一边说着，打着，笑着，滚着，闹了半天，直到丁贵甲在下面说：

“好香！煸[177]了……山药……煸了！哎哟……我可饿了！”

他们才放他起来。留孩又去捅了捅炉子，把高山顶又坐热了，大家一边吃山药，一边喝茶，一边又重复地演述着刚才的经过。

他们吃着，喝着，说了又说，笑了又笑。当中又夹着按倒，拳击，捧腹，搂抱，表演，比划。他们高兴极了，快乐极了，简直把这间小屋要闹翻了，涨破了，这几个小鬼！他们完全忘记了现在是很深的黑夜。

六、明天

明天，他们还会要[178]回味这回事，还会说、学、表演、大笑，而且等张士林回来一定会告诉张士林，会告诉陈素花、恽美兰，并且也会说给大老张听的。将来有一天，他们聚在一起，还会谈起这一晚上的事，还会觉得非常愉快。今夜，他们笑够了，闹够了，现在都安静了，睡下了。起先，隔不一会还有人[179]含含糊糊地说一句什么，不知是醒着还是在梦里，后来就听不到一点声息了。这间在昏黑中哗闹过、明亮过的半坡上的羊舍屋子，沉静下来，在拥抱着四山的广阔、丰美、充盈的暗夜中消融。一天就这样的[180]过去了。夜在进行着，夜和昼在渗入，[181]交递，开往北京的216次列车也正在轨路[182]上奔驶。

明天，就又是一天了。小吕将会去找黄技师，置办他的心爱的嫁接刀。老九在大家的帮助下，会把行李结束起来，走上他当一个钢铁工人的路。当然，他会把他新编得的羊鞭交给留孩。留孩将要来[183]这个“很好的”[184]农场里当一名新一代的牧羊工。征兵的消息已经传开，说不定场子里明天就接到通知，叫丁贵甲到曾经医好他肺结核的医院去参加体格检查，准备入伍、受训，在他所没有[185]接触过的山水风物之间，在蓝天或绿海上，戴起一顶缀着星徽[186]的军帽。这些，都在夜间趋变为事实。

这也只是一个平常的夜。但是人就是这样一天一天，一黑夜一黑夜地长起来的。正如同庄稼，每天观察，差异也都不太明显，然而它发芽了[187]，出叶了，拔节了，孕穗了，抽穗了，灌浆了，终于成熟了。这四个现在在一排并睡着的孩子（四个枕头各托着一个蓬蓬松松的脑袋），他们也将这样发育起来。在党无远弗及的阳光照煦下，经历一些必要的风风雨雨，都将迅速、结实、精壮地成长起来。

现在，他们都睡了。灯已经灭了。炉火也封住了。但是从煤块的缝隙里，有隐隐的火光在泄漏，而映得这间小屋充溢着薄薄的，十分柔和的，蔼然的红晖[188]。

睡吧，亲爱的孩子。

一九六一年十一月二十五日写成

校记

1 本篇初刊于《人民文学》1962年第6期；初收于《羊舍的夜晚》，中国少年儿童出版社1963年1月第1版；又收于《汪曾祺短篇小说选》，北京出版社1982年2月第1版。

以下分别以“初刊本”“初版本”“小说选本”指代这三个版本。初版本改本篇名为“羊舍的夜晚”，并删去副题“又名：四个孩子和一个夜晚”；因主要面对少年儿童读者，初版本中若干字词注有拼音，此汇校稿略去。

2 “一、夜晚”，小说选本同，初版本删去标题“一、夜晚”。

3 “火车过来了”，小说选本同，初版本作“远远地听见火车过来了”。

4 “像”，初版本同，小说选本作“象”，以下不记。

5 “汽”，初版本、小说选本作“气”。

6 “铮黄”，初版本同，小说选本作“锃黄”。

7 “葱地”，初版本同，小说选本作“葱畦”。

8 逗号，小说选本同，初版本作顿号。

9 逗号，小说选本同，初版本作顿号。

10 “通了通”，小说选本同，初版本作“捅了捅”。

11 小说选本同。初版本于“又加了点煤”后另行，补“夜，正在深浓起来”。另行补标题“一、夜晚”，另起一段补“这是一座盖在半山坡上的房子，因为靠近羊舍，人们叫它羊舍房子。隔壁还有一间小屋，锅灶俱全，是老羊倌住的，如果说话时有必要指明是这一间，人们就说是：老羊倌屋里”。

12 “屋里”，小说选本同，初版本作“里屋”，并于“里屋”前加“羊舍房子分做里外两间”。

13 “一张是张士林的”，小说选本同，初版本作“床上住的本是张士林、小吕、丁贵甲、秦老九”。

14 “他”，小说选本同，初版本作“张士林”。

15 “给场里去”，小说选本同，初版本作“去给场里”。

16 “隔壁还有一间小屋，锅灶俱全，是老羊倌住的”，小说选本同，初版本作“丁贵甲这会也没有在。却添了一个客人，是留孩”。

17 “请了假”，小说选本同，初版本作“也请了假”。

18 “看”，小说选本同，初版本作“去看”。

19 “今天这里只剩下四个孩子：他们三个，和那个正在排戏的”，小说选本同，初版本作“所以这一晚上，守在这里的只有他们三个人——三个孩子：小吕、老九和留孩。他们都在做着各人的事”。

20 “屋里有一盏自造的煤油灯——老九用墨水瓶子改造的，一个炉子”，小说选本同，初版本作“屋里有一盏自造的煤油灯，一个炉子。灯是老九用墨水瓶子改造的”。

21 “外边还有……”，小说选本同，初版本另段。

22 “DDT”，小说选本同，初版本作“滴滴涕”。

23 “外屋门……”，小说选本同，初版本另段。

24 “里边”，小说选本同，初版本作“里面”。

25 “当茶叶喝”，初版本、小说选本作“当茶叶”。

26 句号，小说选本同，初版本作逗号。

27 逗号，小说选本同，初版本删去逗号。

28 “夜，正在深浓起来”，小说选本同，初版本删去此句。

29 句号，小说选本同，初版本作逗号。

30 句号，小说选本同，初版本作冒号。

31 “他就决定了：我去作活”，小说选本同，初版本作“他就决定了去作活”。

32 “我哥”，小说选本同，初版本作“他哥”。

33 逗号，小说选本同，初版本作句号。

34 “爬上”，初刊本、初版本作“扒上”，小说选本作“爬上”，从小说选本。

35 “葱茏”，初刊本作“葱笼”，初版本、小说选本作“葱茏”，从二者改。

36 顿号，初刊本作逗号，初版本作顿号，小说选本作分号，从初版本。

37 “蜜肠”，初版本同，小说选本作“密肠”，误。

38 分号，初刊本作叹号，初版本、小说选本作分号，从二者改。

39 “上农场来”，小说选本同，初版本于“来”后加逗号。

40 “一楞一楞”，初版本同，小说选本作“一愣一愣”。

41 “心里”，小说选本同，初版本作“心里就”。

42 “缺少”，小说选本同，初版本作“他缺少”。

43 逗号，小说选本同，初版本删去逗号。

44 冒号，小说选本同，初版本作逗号。

45 “铮亮”，初版本同，小说选本作“锃亮”。

46 “铰”，小说选本同，初版本作“剪”。

47 “趁手”，初版本同，小说选本作“顺手”。

48 “八得八”，小说选本同，初版本作“一八得八”。

49 “就要”，小说选本同，初版本作“就”。

50 “皮鞘”，初刊本、初版本作“皮哨”，小说选本作“皮鞘”，从小说选本。

51 “鞭鞘”，初刊本、初版本作“鞭哨”，小说选本作“鞭鞘”，从小说选本。

52 “下边”，小说选本同，初版本作“下面”。

53 “小大人了”，小说选本同，初版本作“小大人”。

54 逗号，小说选本同，初版本作句号。

55 “可可”，初版本作“可”，小说选本作“恰恰”。

56 “食堂里”，小说选本同，初版本作“食堂”。

57 逗号，小说选本同，初版本作句号。

58 “嗬噫”，小说选本同，初版本作“哎哎”。

59 “学徒”，小说选本同，初版本作“当学徒”。

60 逗号，小说选本同，初版本作问号。

61 “如果”，小说选本同，初版本删去此词。

62 “第一个起来”，小说选本同，初版本作“第一个”。

63 叹号，初版本同，小说选本作问号。

64 “匀匀”，小说选本同，初版本作“均匀”。

65 “一长溜”，初版本同，小说选本作“一溜”。

66 “都”，小说选本同，初版本作“都是”。

67 逗号，小说选本同，初版本删去逗号。

68 “急咚咚”，初版本作“急冬冬”，小说选本作“急得咚咚”。

69 “他俩”，小说选本同，初版本作“他们俩”。

70 “问”，小说选本同，初版本作“你问”。

71 逗号，初版本作顿号，小说选本同，“鹊”应为鶌。

72 “和”，小说选本同，初版本作“合”，误。

73 “櫓林”，初版本作“栌林”，小说选本作“橹林”。

74 逗号，小说选本同，初版本删去逗号。

75 句号，小说选本同，初版本作逗号。

76 “若”，小说选本同，初版本作“苦”，误。

77 “稀罕”，小说选本同，初版本作“希罕”。

78 “就遇上”，小说选本同，初版本作“遇上”。

79 逗号，小说选本同，初版本删去逗号。

80 “少年的光阴”，小说选本同，初版本作“丰富有趣的生活”。

81 “回想”，小说选本同，初版本作“回想起它”。

82 逗号，小说选本同，初版本删去逗号。

83 “感觉得到”，小说选本同，初版本作“感觉到在”。

84 句号，小说选本同，初版本作逗号。

85 “没有”，小说选本同，初版本作“没”。

86 “请假说”，小说选本同，初版本作“说请假”。

87 分号，小说选本同，初版本作句号。

88 “想过”，小说选本同，初版本作“想到”。

89 省略号，初刊本作十八圆点，初版本、小说选本作十二圆点，从二者改。

90 句号，小说选本同，初版本作逗号。

91 “鸡”，小说选本同，初版本作“鸭”。

92 “都一色是白的”，小说选本同，初版本作“都一色是白的，黄嘴”。

93 “鸭”，小说选本同，初版本作“鸡”。

94 “也一色是白的”，小说选本同，初版本作“也一色是白的，一朵花似的大红的冠子”。

95 “先初”，小说选本同，初版本作“起初”。

96 “寒伧”，初版本同，小说选本作“寒碜”。

97 “做”，小说选本同，初版本作“作”。

98 “脖子下的皮”，小说选本同，初版本删去“皮”，疑误。

99 小说选本同，初版本删去“留孩觉得它很像张士林的一本游记书上画的盛装的非洲老酋长”。

100 “一天”，初版本、小说选本作“每天”。

101 “这两个老酋长”，小说选本同，初版本作“两头‘高加索’”。

102 “只”，小说选本同，初版本作“头”。

103 逗号，小说选本同，初版本作句号。

104 小说选本同，初版本删去“谁也不相信。待问过他属什么，算一算”。

105 “飕飕”，初版本同，小说选本作“嗖嗖”。

106 “起来”，小说选本同，初版本作“起来了”。

107 此注释为初版本所加，初刊本、小说选本无。

108 “愿意”，小说选本同，初版本作“愿”。

109 “在月亮地里还”，小说选本同，初版本作“还在月亮地里”。

110 “射篮”，初版本同，小说选本作“投篮”。

111 “吆唤”，小说选本同，初版本作“吆喝”。

112 “愿意”，小说选本同，初版本作“愿”。

113 “别”，初版本同，小说选本作“憋”。

114 “不找点”，小说选本同，初版本作“不找”。

115 句号，小说选本同，初版本作逗号。

116 “两个字”，小说选本同，初版本于“两个字”后加逗号。

117 顿号，小说选本同，初版本作逗号。

118 “恰恰是”，小说选本同，初版本作“恰恰”。

119 “开山的”，小说选本同，初版本作“开山”。

120 顿号，小说选本同，初版本删去顿号。

121 “即”，小说选本同，初版本作“就”。

122 “想想”，小说选本同，初版本作“想”。

123 “的”，小说选本同，初版本作“地”。

124 “不以为意”，小说选本同，初版本作“不以为然”，误。

125 “楞”，初版本同，小说选本作“愣”。

126 “精伶”，初版本、小说选本作“精灵”，初版本并于其后加“若说是傻，则未必”。

127 “沙轮”，初版本同，小说选本作“砂轮”，以下不记。

128 “磨洗”，初版本同，小说选本作“磨铣”。

129 “一点也”，小说选本同，初版本作“一点”。

130 “做”，初刊本、小说选本作“作”，初版本作“做”，从初版本。

131 句号，小说选本同，初版本作逗号。

132 “一点都不像一个古人”，初版本作“一点不像个古人”，小说选本作“一点都不象一个古人”。

133 “老斗衣”，小说选本同，初版本作“老年衣”。

134 “盖窝”，小说选本同，初版本作“窝”。

135 “拉”，小说选本同，初版本作“排”。

136 “三个”，小说选本同，初版本作“两个”。

137 “说着”，小说选本同，初版本作“说过”。

138 “也都”，小说选本同，初版本作“也”。

139 “黑咕咚咚”，初版本作“黑咕冬冬”，小说选本作“黑咕隆咚”。

140 “找过”，小说选本同，初版本作“走过”。

141 “长象”，小说选本同，初版本作“长像”。

142 “好像远远地”，初版本同，小说选本作“远远地”。

143 “磕膝”，初版本同，小说选本作“膝盖”。

144 问号，初版本同，小说选本作逗号。

145 “饿不杀你也冻杀你”，小说选本同，初版本作“饿不煞你也冻煞你”。

146 “左辕”，初刊本作“右辕”，初版本、小说选本作“左辕”，从二者改。

147 “略似椅臂者”，初版本、小说选本作“略似椅臂”。

148 逗号，小说选本同，初版本作句号。

149 句号，小说选本同，初版本作逗号。

150 “正在”，初版本同，小说选本作“正”。

151 “哦”，小说选本同，初版本于“哦”前加破折号。

152 句号，小说选本同，初版本作逗号。

153 句号，初版本同，小说选本作逗号。

154 省略号，初版本同，小说选本于省略号外加双引号。

155 “成了”，初版本同，小说选本作“不成了”。

156 “怎么”，小说选本同，初版本作“怎末”。

157 逗号，小说选本同，初版本删去逗号。

158 冒号，小说选本同，初版本作叹号。

159 “窜”，初版本同，小说选本作“蹿”。

160 “嗯拉”，初版本同，小说选本作“嗯拉”。

161 逗号，小说选本同，初版本删去逗号。

162 “着急事”，小说选本同，初版本作“急事”。

163 叹号，初版本同，小说选本作问号。

164 “吃剩”，小说选本同，初版本作“吃剩下”。

165 “？！”，小说选本同，初版本作“？”。

166 初刊本只有单引号，初版本、小说选本于单引号前加前双引号，从二者改，以下同一情况不记。

167 逗号，小说选本同，初版本作句号。

168 逗号，小说选本同，初版本作句号。

169 “一会会”，初版本同，小说选本作“一会儿”。

170 逗号，小说选本同，初版本作句号。

171 “噜苏”，初刊本作“噜嗦”，初版本、小说选本作“噜苏”，从二者改，以下不记。

172 “尿”，小说选本同，初版本作“撒”。

173 “他”，小说选本同，初版本作“它”。

174 “地里的”，小说选本同，初版本作“地里”。

175 “吃”，小说选本同，初版本作“嗑”。

176 “嘻嘻嘻嘻”，小说选本同，初版本作“嘻嘻嘻”。

177 “煴”，初版本同，小说选本作“煨”。

178 “还会要”，小说选本同，初版本作“还会”。

179 “隔不一会还有人”，小说选本同，初版本作“隔不一会儿还会有人”。

180 “的”，小说选本同，初版本作“地”。

181 逗号，初版本、小说选本作顿号。

182 “轨路”，初版本同，小说选本作“轨道”。

183 “来”，小说选本同，初版本作“在”。

184 引号，初版本同，小说选本删去引号。

185 “所没有”，小说选本同，初版本作“没有”。

186 “星徽”，初版本同，小说选本作“红徽”。

187 “然而它发芽了”，初刊本作“然它发芽了”，初版本作“然而，它发芽了”，小说选本作“然而它发芽了”，从小说选本。

188 “红晖”，小说选本同，初版本作“红辉”。

附

王全[1]

马号今天晚上开会。原来会的主要内容是批评王升，但是临时不得不改变一下，因为王全把王升打了。

我到这个农业科学研究所没有几天，就听说了王全这个名字。业余剧团的小张写了一个快板，叫做《果园奇事》，说的是所里单株培育的各种瓜果“大王”，说道有一颗大牛心葡萄掉在路边，一个眼睛不好的工人走过，以为是一只马的眼珠子掉下来了，大惊小怪起来。他把这个快板拿给我看。我说最好能写一个具体的人，眼睛当真不好的，这样会更有效果。大家一起哄叫起来：“有！有！瞎王全！他又是饲养员，跟马搭得上的！”我说这得问问他本人，别到时候上台数起来，惹得本人不高兴。正说着，有一个很粗的，好像[2]吵架似的声音在后面叫起来：

“没意见！”

原来他就是王全。听别人介绍，他叫王全，又叫瞎王全，又叫俅六。叫他什么都行，他都答应的。

他并不瞎。只是有非常严重的砂眼，已经到了睫毛内倒的地步。他身上经常带着把镊子，见谁都叫人给他拔眼睫毛。这自然也会影响视力的。

他的眼睛整天眯缝着，成了一条线。这已经有好些年了。因此落下一个瞎王全的名字。

这地方管缺个心眼叫“俅”，读作“俏”。王全行六，据说有点缺心眼[3]，故名“俅六”。说是，你到他的家乡去，打听王全，也许有人不知道，若说是俅六，就谁都知道的。

这话不假。[4]我就听他自己向新来的刘所长介绍过自己：

“我从小[5]当长工。[6]挑水，[7]垫圈，烧火，[8]扫院。长大了还是当长工。[9]十三吊大钱，五石小米！解放军打下姑姑洼，是我带的路。解放军还没站稳脚，成立了区政府，我当通讯员：[10]区长在家，我去站岗；区长下乡，我就是区长。就咱两人。我不识字，还是当我的长工。我这会不给地主当长工，我是所里的长工。李所长说我是国家的长工。我说不来话。你到姑姑洼去打听，一问俅六，他们都知道！”

这人很有意思。在农闲排戏的时候，每天晚上他都跑到业余剧团来。[11]有时也帮忙抬桌子，[12]挂幕布，大半时间都没事，就定定地守着看，嗬嗬地笑，而且不管妨碍不妨碍排戏，还要一个人大声地议论。那议论大都非常简短：“有劲！”“不差！”最常用的是含义极其丰富的两个字：“看看！”

最妙的是，我在台上演戏，正在非常焦灼，激动，全场的空气也都很紧张，他在台下叫我：“老汪，给我个火！”（我手里捏着一支烟。）我只好作势暗示他“不行！”不料他竟然把他的手伸上来了。他就坐在第一排——他看戏向来是第一排，因为他来得最早。所谓第一排，就是台口。我的地位就在台角，所以咱俩[13]离得非常近。他一面嘴里还要说[14]：“给我点个火嘛！”真要命！我只好小声地说：“嗐！”他这才明白过来，又独自嗬嗬地笑起来。

王全是个老光棍，已经四十六岁了，有许多地方还跟个孩子似的。也许因为如此，大家说他俅。

不知道究竟为什么，他不当饲养员了。这人是很固执的，说不当就不当，而且也不说理由。他跑到生产队去，说："哎！我不喂牲口了，给我个单套车，我赶车呀！"马号的组长跟他说，没用；生产队长跟他说，也没用。队长去找所长，[15] 所长说："大概是有情绪，一时是说不通的。有这样的人。先换一个人吧！"于是就如他所愿，让他去赶车，把原来在大田劳动的王升调进马号喂马。

这样我们有时就搭了伙计。我参加劳动，有时去跟车，常常跟他的车。他嘴上是不留情的。我上车，敛土，装粪，他老是回过头来眯着眼睛看我。有时索性就停下他的铁锹[16]，拄着，把下巴搁在锹把上，歪着头，看。而且还非常压抑和气愤地从胸膛里发出声音：[17]"嗯！"忽然又变得非常温和起来，很耐心地教我怎么使家伙[18]。"敛土嘛，左手胳膊肘子要靠住肐膝，肐膝往里一顶，借着这个劲，胳膊就起来了。嗳！嗳！对了！这样多省劲！是省劲不是？像你那么似的，架空着，单凭胳膊那点劲，我问你：你有多少劲？一天下来，不把你累乏了？真笨！你就是会演戏！要不是因为你会演戏呀，嗯！——"慢慢地，我干活有点像那么一回事了，他又言过其实地夸奖起我来："不赖！不赖！像不像，三分样！你能服苦，能咬牙。不光是会演戏了，能文能武！你是个好样儿的！毛主席的办法就是高，——叫你们下来锻炼！"于是叫我休息，他一个人干。"我多上十多锹，就有了你的了！当真指着你来干活哪！"这是不错的。他的铁锹是全所闻名的，特别大，原来铲煤用的洋锹，而且是个大号的，他拿来上车了。一锹能顶我四锹。他叫它"跃进锹"。他那车也有点特别。这地方的大车，底板有四块是活的，前两块，后两块。装粪装沙，到了地，铲去一些，把这四块板一抽，就由这里往下拨拉。他把他的车底板全部拆成活的，到了地，一抽，哗啦——整个就漏下去了。这也有了名儿，叫"跃进车"。靠了他的跃进车和跃进锹，每天我们比别人都能多拉两趟。因此，他就觉得有权力叫我休息。我不肯。他说："嗐！这人！叫你休息就休息！怕人家看见，说你？你们啊，老是怕人说你！不怕得！该咋的就是咋的！"他这个批评实在相当尖刻，我就只好听他。[19] 在一旁坐下来，等他三下五除二把车装满，下了[20]，随他一路唱着[21]“老王全在大街扬鞭走马！”回去。

他的车来了，老远就听见！不是听见车，是听见他嚷。他不大使唤鞭子，除非上到高坡顶上，马实在需要抽一下，才上得去，他是不打马的。不使鞭子，于是就老嚷：

“喔喝！喔喝！咦喔喝！”

还要不停地跟马说话，他说是马都懂的。絮絮叨叨，没完没了。本来是一些只能小声说的话，他可是都是放足了嗓子喊出来的。——这人不会小声说话。这当中照例插进许多短短的亲热的野话。

有一回，从积肥坑里往上拉绿肥。他又高了兴，跃进锹多来了几锹，上坑的坡又是暄的，马怎么也拉不上去[22]。他拼命地嚷：

“喔喝！喔喝！咦喔喝！”

他生气了，拿起鞭子。可忽然又跳在一边，非常有趣地端详起他那匹马来，说：

“笑了！咦[23]！笑了！笑啥来？”

这可叫我忍不住噗嗤笑了。马哪里是笑哩[24]！它是叫嚼子拽的在那里咧嘴哩！这么着“笑”了三次，到了也没上得去。最后只得把装到车上去的绿肥，又挖出一小半来，他在前头领着，我在后面扛着，才算上来了。

他这匹马，实在不怎么样！他们都叫它青马，可实在是灰不灰白不白的。他说原来是青的，可好看着哪！后来就变了。灰白的马，再搭上红红的眼皮和嘴唇，总叫我想起吉诃德[25]先生，虽然我也不知道吉诃德先生的马到底是甚么[26]样子的。他说这是一匹好马，干活虽不是太顶事，可是每年准下一个驹。

“你想想，每年一个！一个骡子一万二，一个马，八千！它[27]比你和我给国家挣的钱都多！”

他说它所以上不了坡，是因为又“有”了。于是走一截，他就要停下来，看看马肚子。[28]用手摸，用耳朵贴上去听。他叫我也用手放在马的后胯上部，摸，——我说要摸也是摸肚子底下，马怀驹子怎么会怀到大腿上头来呢？

他大笑起来，说："你真是外行！外行！"好吧，我就摸。

"怎么样？"

"热的。"

"见你的鬼！还能是凉的吗？凉的不是死啦！叫你摸，——小驹子在里面动哪！动不动？动不动？"

我只好说："——动。"

后来的确连看也看出小驹子在动了，他说得不错。可是他最初让我摸的时候，我实在不能断定到底摸出动来没有；并且连他是不是摸出来了，我也怀疑。

我问过他为什么不当饲养员了，他不说，说了些别的话，片片段段的[29]，当中又似乎不大连得起来。

他说马号组的组长不好。[30]旗杆再高，还得有两块石头夹着；一个人再能，当不了四堵墙。

可是另一时候，我又听他说过组长很好，使牲口是数得着的，这一带地方也找不出来。又会修车，小小不言的毛病，就不用拿出去，省了多少钱！又说他很辛苦，晚上还老加班，[31]还会修电灯，修水泵……

他说，每回评先进工作者，红旗手，光凭嘴，[32]净评会说的，评那会做在人面前的。[33]他就是看不惯这号人！

他说，喂牲口是件操心事情。要熬眼。马无夜草不肥。[34]要把草把料——勤倒勤添，一把草一把料地喂。搁上一把草，洒上一层料，有菜有饭地，它吃着香。你要是不管它，哗啦一倒，它就先尽料吃[35]，完了再吃草，就不想了！牲口嘛！跟孩子似的，它懂个屁事！得一点一点添。这样它吃完了还想吃，吃完了还想吃。跟你似的，给你三大碗饭，十二个馒头，都堆在你面前！还是得吃了一碗再添一碗。马这东西也刁得很。也难怪。少搁，草总是脆的，一嚼，就酥了。你要是搁多了，它的鼻子喷气，把草疙节都弄得蔫筋了，它嚼不动。就像是脆锅巴，你一咬就酥了；要是蔫了，你咬得动么，[36]——咬得你牙疼！嚼不动，它就不吃！一黑夜你就老得守着侍候它，甭打算睡一点觉。

说，咱们农科所的牲口，走出去，不管是哪里，人们都得说："还是人家农科所的牲口！"毛色[37]发亮，屁股蛋蛋都是圆的。你当这是简单的事哩！

他说得最激动的是关于黑豆，[38]他说得这东西简直像是具有神奇的效力似的。说是什么东西也没有黑豆好。三斗黄豆也抵不上一斗黑豆。[39]不管什么乏牲口，拿上黑豆一催[40]，一成黑豆，三成高粱，包管就能吃起来。[41]可是就是没有黑豆。

"每年我都说，俺们种些黑豆，种些黑豆。——不顶！"

我说："你提意见嘛！"

"提意见？哪里我没有提过个意见[42]？——不顶！马号的组长！生产队！大田组！都提了[43]——不顶！提意见？提意见还不是个白！"

"你是怎么提意见的？一定是也不管时候，也不管地方，提的也不像是个意见。也不管人家是不是在开会，在算账[44]，在商量别的事，只要你猛然想起来了，推门就进去：'哎！俺们种点黑豆啊！'没头没脑，说这么一句，抹头就走！"

"咦！咋的？你看见啦？"

"我没看见，可想得出来。"

他笑了。说他就是不知道提意见还有个什么方法。他说，其实，黑豆牲口吃了好，他们都知道，生产队，大田组，他们谁没有养活过个牲口？可是他们要算账。黄豆比黑豆价钱高，收入大。他很不同意他们这种算账法。

"我问你，是种了黄豆，多收入个几百元——嗯，你就说是多收入千数元，上算？还是种了黑豆，牲口吃上长膘、长劲，上算？一个骡子一万二！一个马八千！我就是算不来这种账！嗯！哼，我可知道，增加了收入，这笔账算在他们组上；[45]喂胖了牲口，算不到他们头上！就是这个鬼心眼！我啾，这个我可比谁都明白！"

他越说越气愤，简直像要打人的样子。是不是他的不当饲养员，主要的原因就是不种黑豆？看他那认真、执着的神情，好像就是的。我对于黄豆、黑豆，实在一无所知，插不上嘴，只好说："你要是真有意见，可以去跟刘所长提。"

"他会管么？这么芝麻大的事？"

"我想会。"

过了一些时，他真的去跟刘所长去提意见了。[46]这可真是一个十分新鲜、奇特、[47]出人意表[48]的意见。不是关于黄豆、黑豆的，要大得多。那天我正在刘所长那里。他一推门，进来了：

"所长，我提个意见。"

"好啊，什么意见呢？"

"我给你找几个人[49]，把你[50]所里这点地包了！三年，我包你再买这样一片地。说的！过去地主手里要是有这点地，几年工夫就能再滚出来一片。咱们今天不是给地主作活，大伙全泼上命！俺们为什么还老是赔钱，要国家十万八万的往里贴？不服这口气。你叫他们别搞什么试验研究了，赔钱就赔在试验研究上！不顶！俺们祖祖辈辈种地，也没听说过[51]什么试验研究。没听说过，种下去庄稼，过些时候，拔起来看看，过些时拔起来看看[52]。可倒好，到收割的时候倒省事，地里全都光了！没听说过，还给谷子盖一座小房！你就是试验成了，谁家能像你这么种地啊？嗯！都跑到谷地里盖上小房？瞎白嘛！你要真能研究，你给咱家[53]所里多挣两个，[54]嗯！不要国家贴钱！嗯！我就不信技师啦，又是技术员啦，能弄出个什么名堂来！上一次我看见咱们邵技师锄地啦，哈哈，老人家倒退[55]着锄！就凭这，一个月拿一百多，小二百？赔钱就赔在他们身上！正经！你把地包给我，莫让他们胡糟践！就这个意见，没啦！"

刘所长尽他说完，一面听，一面笑，一直到"没啦"，才说：

"你这个意见我不能接受。我[56]这个所里不要买地。——你上哪儿去给我买去啊？咱们这个所叫什么？——叫农业科学研究所。国家是拿定主意要往里赔钱的，——如果能少赔一点，自然很好。咱们的任务不是挣钱。倒退着锄地，自然不大好。不过你不要光看人家这一点，人家还是有学问的。把庄稼拔起来看，给谷子盖房子，这些道理一下子跟你说不清。农业研究，没有十年八年，是见不出效果的。但是要是有一项试验成功了，值的钱就多啦，你算都算不过来。我问你，咱们那一号谷比你们原来的小白苗是不是要打得多？”

“敢是！”

“八个县原来都种小白苗，现在都改种了一号谷，你算算，每年能多收多少粮食？这值到多少钱？咱们要是不赔钱呢，就挣不出这个钱来。当然，道理还不只是赔钱、挣钱。我要到前头开会去，就是讨论你说的拔起庄稼来看，给谷子盖小房这些事。你是个好人，是个‘忠臣’，你提意见是好心。可是意见不对。我不能听你的。你回去想想吧。王全，你也该学习学习啦。听说你是咱们所里的老文盲了。去年李所长[57]叫你去上业余文化班，你跟他说：‘我给你去拉一车粪吧！’是不是？叫你去上课，你宁愿套车去拉一车粪！今年冬天不许再溜号啦，从‘一’字学起，从‘王全’两个字学起！”

刘所长走了，他指指他的背影，说：

“看看！”

一缩脑袋，跑了。

这是春天的事。这以后我调到果园去劳动，果园不在所部，和王全见面说话的机会就不多了。知道他一直还是在赶单套车，因为他来果园送过几回粪。等到冬天，我从果园回来，看见王全眼睛上蒙着白纱布，由那个顶替他原来职务的王升领着。我问他是怎么了，原来他到医院开刀了。他的砂眼已经非常严重，是刘所长逼着他去的，说公家不怕花这几个钱，救他的眼睛要紧。手术很成功。[58]现在每天去换药。因为王升喂马是夜班，白天没事，他俩都住在马号，所以每天由王升领着他去。

过了两天，纱布拆除了，王全有了一双能够睁得大大的眼睛！可是很奇怪，他见了人就抿着个大嘴笑，好像为了眼睛能够睁开而怪不好意思似的。他整个脸也似乎清亮多了，简直是年轻了。王全一定照过镜子，很为自己的面容改变而惊奇，所以觉得不好意思。不等人问，他就先回答了：

“敢是，可爽快多了，啥都看得见！[59]这是一双眼睛了。”

他又说他这眼不是大夫给他治的，是刘所长给他治的，共产党给他治的。逢人就说。

拆了纱布，他眼球还有点发浑，刘所长叫他再休息两天，暂时不要出车。就在这两天里，发生了这么一场事，他把王升打了。

王升到所里还不到三年。这人是个“老闷”，平常一句话也不说。他也没个朋友，也没有亲近一点人。[60]虽然和大家住在一个宿舍里，却跟谁也不来往。工人们有时在一起喝喝酒，没有他的事。大家在一起聊天，他也不说，也不听，就是在一边坐着。他也有他的事，下了班也不闲着。一件事是鼓捣吃的。他食量奇大，一顿饭能吃三斤干面。而且不论什么时候，吃过了还能再吃。甜菜、胡萝卜、蔓菁疙瘩、西葫芦，什么都弄来吃。这些东西当然来路都不大正大[61]。另一件事是整理他的包袱。他床头有个大包袱。他每天必要把它打开，一件一件地反复看过，折好，——这得用两个钟头，因此他每天晚上一点都不空得慌。整理完了，包扎好，挂起来，老是看着它，一直到一闭眼睛，立刻睡着。他真能置东西！全所没一个能比得上。别人给他算得出来，他买了几床盖窝，一块什么样的毛毯，一块什么线毯，一块多大的雨布……他这包袱逐渐增大。大到一定程度，他就请假回家一次。然后带了一张空包袱皮来，再从头[62]攒起。他最近做了件叫全所干部工人都非常吃惊的事：一次买进了两件老羊皮袄，一件八十，[63]另一件一百七！当然，那天立刻就请了假，甚至没等到二十八号。

二十八号，这有个故事。这个所里是工资制，双周休息，每两周是一个“大礼拜”。但是不少工人不愿意休息，有时农忙，也不能休息。大礼拜不休息，除了工资照发外，另加一天工资，习惯叫做“双工资”。但如果这一个月请假超过两天，即大礼拜上班，双工资也不发。[64]一般工人一年难得回家一两次，一来一去，总得四五天，回去了就准备不要这双工资了。大家逐渐发现，觉得非常奇怪：王升常常请假，一去就是四天，可是他一次也没扣过双工资。有人再三问他，他嘻嘻地笑着，说，“你们[65]别去告诉领导，我就告诉你。”原来：他每次请假都在二十八号（若是大尽就是二十九）！这样，四天里头[66]，两天算在上月，两天算在下月，哪个月也扣不着他的双工资。这事当然就传开了。凡听到的，没有个不摇头叹息：你说他一句话不说，他可有这个心眼！——全所也没有比他更精的了！

他吃得多，有一把子傻力气，庄稼活也是都拿得起的。[67]要是看着他，他干活不比别人少多少。可是你哪能老看着他呢？他呆过几个组，哪组也不要他。他在过试验组。有一天试验组的组长跟他说，叫他去锄锄山药秋播留种[68]的地，——那块地不大，一个人就够了。晌午组长去检查工作，发现他在路边坐着，问他，他说他找不到那块地！组长气得七窍生烟，直接跑到所长那里，说：“国家拿了那么多粮食，养活这号后生！在我组里干了半年活，连哪块地在哪里他都不知道！吃粮不管闲事，要他作啥哩！叫他走！”他在稻田组呆过。插秧的时候，近晌午，快收工了，组长一看进度，都差不多。他那一畦，也快到头了[69]，就说钢厂一拉汽笛，就都上来吧。过了一会，拉汽笛了，他见别人上了，也立刻就上来到河边去洗了腿。过了两天，组长去一看，他那一畦齐刷刷地缺了八仙桌那么大一块[70]！稻田组长气得直哼哼。“请吧，你老！”谁也不要，大田组长说：“给我！”这大田组长出名地[71]手快，他在地里干活，就是庄户人走过，都要停下脚来看一会的。真是风一样的！他就老让王升跟他一块干活。王升也真有两下子，不论是锄地、撒粪……拉不下多远。

一晃，也多半年了，大田组长说这后生不赖。大家对他印象也有点改变。这回王全不愿喂牲口了，不知怎么就想到他了。想是因为他是老闷，不需要跟人说话，白天睡觉，夜里整夜守着哑巴牲口，有这个耐性。

初时也好。慢慢地，车倌就有了意见，因为牲口都瘦了。他们发现他白天搞吃的，夜里老睡觉。喂牲口根本谈不上把草把料，大碗儿端！最近，甚至在马槽里发现了一根钉子！于是，生产队决定，去马号开一个会，批评批评他。

这钉子是在青马的槽里发现的！是王全发现的。王全的眼睛整天蒙着，但是半夜里他还要瞎戳戳地摸到马圈里去，伸手到槽里摸，把蔫筋的草节拨出去。摸着摸着，他摸到一根冰凉铁硬的，——放在嘴里[72]，拿牙咬咬：是根钉子！这王全浑身冒火了，但是，居然很快就心平气和下来。——人家每天领着他上医院，这不能不起点作用。他拿了这根钉子，摸着去找到生产队长，说是无论如何得[73]“批批[74]”他，这不是玩的！往后筛草、打料一定要过细一点。

前天早上反映的情况，连着两天所里有事，决定今天晚上开会。不料，今天上午，王全把王升打了，打得相当重。

原来王全发现，王升偷马料！他早就有点疑心，没敢肯定。这一阵他眼睛开刀，老在马号里呆着，仿佛听到一点动响。不过也还不能肯定。这两天他的纱布拆除了，他整天不出去，原来他随时都在盯着王升哩。果然，昨天夜里，他看见王升在门背后端了一大碗煮熟的料豆在吃！他居然沉住了气，没有发作。因为他想：单是吃，问题还不太大。今天早上，他乘王升出去弄甜菜的时候，把王升的枕头[75]拆开：——里面不是塞的糠皮稻草，是料豆！一不做二不休，翻开他那包袱，里边还有一个枕头，也是一枕头的料豆。——本来他带了两个特大的枕头，却只枕一个；每回回去又都把枕头带回去，这就奇怪。“嗯！”王全把他的外衣脱了，等着。王升从外面回来，一看[76]包袱里东西摊得一床，枕头拆开了；再一看王全那神情，连忙回头就跑。王全一步追上，大拳头没头没脑地砸下来，打得王升孩子似的哭，爹呀妈的乱叫，[77]一直到别人闻声赶来，剪住王全的两手，才算住。——王升还没命地嚎哭了半天。

这样，今天的会的内容不得不变一下，至少得增加一点。

但是改变得也不多。这次会是一个扩大的会，除了马号全体参加外，还有曾经领导过王升的各个组的组长，和跟他在一起干过活的老工人。大家批评了王升，也说了王全。重点还是在王升，说到王全，大都是带上一句：——“不过打人总是不对的，有甚么情况，甚么意见[78]，应当向领导反映，由领导来处理。”有的说：“牛不知力大，你要是把他打坏了怎办？”也有人联系到年初王全坚决不愿喂马，这就不对！关于王升，可就说起来没完了。他撒下一大块[79]秧来就走这一类的事原来多着哩，每个人一说就是小半点钟！因此这个会一直开到深夜。最后让王升说说。王升还是那样，一句话没有，“说不上来”。再三催促，还是“说不上来”。大家有点急了，问他：“你偷料豆，对不对？”——“不对。”“马草里混进了钉子，对不对？”——“不对。”……看来实在挤不出什么话来了，天又实在太晚，明天还要上班，只好让王全先说说。

“嗯！我打了他，不对！嗯！解放军不兴打人，打人是国民党。嗯！你偷吃料豆，还要往家里拿！你克扣[80]牲口。它是哑巴，不会说话，它要是会说话，要告你！你剥削它，你是资本家！是地主！你！你故意拿钉子往马槽里放，你安心要害所里的牲口，国家的牲口！×你娘的！你看看，[81]你把俩牲口喂成啥样了？[82]”

说着，一把揪住王升，大家赶紧上来拉住，解开，才没有又打起来。这个会暂时只好就这样开到这里了。

过了两天，我又在刘所长那里碰见他。还是那样，一推门，进来了，没头没脑：

“所长，我提个意见。”

“好啊。”

“你是个好人！[83]是个庄户佬出身！赶过个车，养活过个牲口！你是好人！是个共产党！你如今又领导这些技师啦技术员的，他们都服你——”

看见有我在座，又回过头来跟我说：

“看看！”

这是怎么一回事呢？原来所里在拟定明年的种植计划，让大家都来讨论，这里边有一条，是旱地一号地[84]六十亩全部复种黑豆！

一边说着，一边把他的衣兜往桌上一掀，倒得一桌子都是花生。非常腼腆地说：

“我侄儿子给我捎来五斤花生。”

说完了抹头就走。

刘所长叫住他：

“别走。你把人家打了，怎么办呢？”

“我去喂牲口呀。”

“好。把你的花生拿去，——我不‘剥削’你，人家是给你送来的！”

王全赶紧拉开门就跑，头都不回，生怕刘所长会追上来似的。——后来，这花生还是刘所长叫他的孩子给他送回去了。

过了一个多月，所里的冬季文化学习班办起来，王全来报了名，是刘所长亲自送他来上学的。我有幸当了他的启蒙[85]老师。可是我要说老实话，这个学生真不好教，真也难怪他宁可套车去拉一车粪。他又不肯照着课本学，一定先要教会他学会[86]四个字。他用铅笔写了无数遍，终于有了把握了，就把我写对子用的大抓笔借去，在马圈粉墙上写下四个斗大的黑字：

“王全喂马”。

字的笔划虽然很幼稚，但是写得工工整整，一笔不苟。谁都可以看出来，这四个字包含很多意思，这是一个人一辈子的誓约。

王全喂了牲口，生产队就热闹了。三天两头就见他进去：

“人家孩子回来，也不吃，也不喝，就是卧着，这是使狠[87]了，累乏了！告他们，不能这样！”

“人家孩子快下了，别叫它驾辕了！”

“人家孩子”怎样怎样了……

我在这个地方呆了一些时候了，知道这是这一带的口头语，管小猫小狗、小鸡小鸭，[88]甚至是小板凳，都叫做“孩子”。但是这无论如何是一种爱称。尤其是王全说起来，有一种特殊的味道。那么高大粗壮的汉子，说起牲口来，却是那么温柔。

我离开这个农业科学研究所已经好几个月了，王全一直在喂马。现在，在我写这篇文章的时候，他就正在喂着马。夜已经很深了。这会，全所的灯都一定已经陆续关去，连照例关得最晚的刘所长和邵技师的屋里的灯也都关了。只有两处的灯还是亮着的。一处是大门外植保研究室的诱捕灯，这是通夜不灭的，现在正有各种虫蛾围绕着飞舞。一处是马圈。灯光照见槽头一个一个马的脑袋。它们正在安静地、严肃地咀嚼着草料。时不时的，喷一个响鼻，摇摇耳朵，顿一顿蹄子。俙六——[89] 王全，正在夹着料筐箩，弯着腰，无声地忙碌着，或者停下来，用满怀慈爱的、喜悦的眼色，看看这些贵重的牲口。

王全的胸前佩着一枚小小的红旗，这是新选的红旗手的标志。

“看看！”

一九六二年五月二十日夜二时[90]

校记

1 本篇初刊于《人民文学》1962 年第 11 期；初收于《羊舍的夜晚》，中国少年儿童出版社 1963 年 1 月第 1 版；又收于《汪曾祺短篇小说选》，北京出版社 1982 年 2 月第 1 版。

2 “像”，初版本同，小说选本作“象”，以下不记。

3 “缺心眼”，初版本、小说选本作“缺个心眼”。

4 句号，初版本、小说选本作逗号。

5 “从小”，初刊本作“小小”，初版本、小说选本作“从小”，从二者改。

6 句号，初版本、小说选本作逗号。

7 逗号，初刊本作顿号，初版本、小说选本作逗号，从二者改。

8 逗号，初刊本作顿号，初版本、小说选本作逗号，从二者改。

9 句号，初版本、小说选本作逗号。

10 冒号，初版本同，小说选本作逗号。

11 “在农闲排戏的时候，每天晚上他都跑到业余剧团来”，初版本、小说选本作“每天晚上他都跑到业余剧团来，——在农闲排戏的时候”。

12 逗号，初版本、小说选本作顿号。

13 “咱俩”，初版本同，小说选本作“我俩”。

14 “一面嘴里还要说”，初版本、小说选本作“嘴里还要说”。

15 逗号，初刊本作句号，初版本、小说选本作逗号，从二者改。

16 “锨”，初版本、小说选本作“锹”，以下不记。

17 冒号，初版本、小说选本删去冒号。

18 “家伙”，初刊本作“家具”，初版本、小说选本作“家伙”，从二者改。

19 句号，初版本、小说选本作逗号。

20 “下了”，初版本、小说选本删去“下了”。

21 “唱着”，初版本、小说选本于“唱着”后加冒号。

22 “上去”，初刊本作“上来”，初版本、小说选本作“上去”，从二者改。

23 “咦”，初版本、小说选本作“噫”。

24 “哩”，小说选本同，初版本作“里”。

25 “吉诃德”，初刊本作“吉呵德”，初版本、小说选本作“吉诃德”，从二者改。

26 “甚么”，初版本、小说选本作“什么”。

27 “它”，初刊本、初版本、小说选本均作“他”，应为“它”。

28 句号，初版本、小说选本作逗号。

29 “的”，初版本、小说选本作“地”。

30 初版本同，小说选本于“旗杆”前加“什么事都是个人逞能，不靠大伙”。

31 逗号，初刊本作句号，初版本、小说选本作逗号，从二者改。

32 逗号，初刊本作句号，初版本、小说选本作逗号，从二者改。

33 句号，初刊本作逗号，初版本、小说选本作句号，从二者改。

34 句号，初版本、小说选本作逗号。

35 “先尽料吃”，初版本、小说选本作“先尽吃料”。

36 逗号，初版本、小说选本作分号。

37 “毛色”，初版本同，小说选本作“毛颜”。

38 逗号，初版本同，小说选本作句号。

39 句号，初版本同，小说选本作逗号。

40 “催”，初刊本作“吹”，初版本、小说选本作“催”，从二者改。

41 句号，初版本、小说选本作逗号。

42 “提过个意见”，初版本、小说选本作“提过意见”。

43 “都提了”，初版本、小说选本于“都提了”后加逗号。

44 “账”，小说选本同，初版本作“帐”，以下不记。

45 分号，初版本、小说选本作逗号。

46 句号，初刊本作逗号，初版本、小说选本作句号，从二者改。

47 顿号，初刊本作逗号，初版本、小说选本作顿号，从二者改。

48 “出人意表”，初版本同，小说选本作“出人意料”。

49 “我给你找几个人”，初版本作“我说，你找几个人”，小说选本作“我说，我给你找几个人”。

50 “你”，初版本、小说选本作“咱们”。

51 “过”，初刊本作“个”，初版本、小说选本作“过”，从二者改。

52 “过些时拔起来看看”，初版本作“过些时拔，起来看看”，小说选本作“过些时候，拔起来看看”。

53 “咱家”，初版本、小说选本作“咱这”。

54 逗号，初版本、小说选本作句号。

55 “倒退”，初刊本作“倒褪”，初版本、小说选本作“倒退”，从二者改，以下不记。

56 “我”，初版本、小说选本作“我们”。

57 “所长”，初刊本作“主任”，初版本、小说选本作“所长”，从二者改。

58 句号，初版本、小说选本作逗号。

59 叹号，初版本同，小说选本作逗号。

60 句号，初刊本作逗号，初版本、小说选本作句号，从二者改。

61 “正大”，初版本同，小说选本作“正当”。

62 “从头”，初刊本作“重头”，初版本、小说选本作“从头”，从二者改。

63 逗号，初刊本作分号，初版本、小说选刊本作逗号，从二者改。

64 句号，初版本、小说选刊本作逗号。

65 “你们”，初版本、小说选刊本作“你”。

66 “四天里头”，初刊本、初版本作“四天头里”，小说选本作“四天里头”，从小说选本改。

67 句号，初刊本作逗号，初版本、小说选本作句号，从二者改。

68 “留种”，小说选本同，初版本作“苗种”，误。

69 “也快到头了”，初版本、小说选本作“再有两行也齐了”。

70 “他那一畦齐刷刷地缺了八仙桌那么大一块”，初版本作“他那一畦齐刷刷地就缺了这么一行半”，小说选本作“他那一行齐刷刷地缺了方桌大一块”。

71 “地”，初刊本作“的”，初版本、小说选本作“地”，从二者改。

72 “放在嘴里”，初版本同，小说选本作“放到嘴里”。

73 “如何得”，初版本、小说选本作“如何也得”。

74 “批批”，小说选本同，初版本作“批评”。

75 “枕头”，初版本、小说选本作“大枕头”。

76 “一看”，初版本、小说选本于“一看”后加逗号。

77 逗号，初刊本作句号，初版本、小说选本作逗号，从二者改。

78 “甚么情况，甚么意见”，初版本、小说选本作“什么情况，什么意见”。

79 “一大块”，初版本作“一行半”，小说选本作“一块”。

80 “克扣”，初刊本作“剋扣”，初版本、小说选本作“克扣”，从二者改。

81 逗号，初版本、小说选本删去逗号。

82 初版本、小说选本于“啥样了？”后加“×你娘！×你娘！”

83 叹号，初版本、小说选本作逗号。

84 “一号地”，初版本、小说选本作“二号地”。

85 “启蒙”，初版本、小说选本作“启蒙的”。

86 “教会他学会”，初版本同，小说选本作“教他学会”。

87 “狠”，小说选本同，初版本作“很”。

88 逗号，初版本、小说选本作顿号。

89 破折号，初刊本作顿号，初版本、小说选本作破折号，从二者改。

90 初刊本未标注日期，据初版本、小说选本补。

看水[1]

下班了。小吕把擦得干干净净的铁锹[2]搁到“小仓库”里，正在脚蹬着一个旧镳轴系鞋带，组长大老张走过来，跟他说：

“小吕，你今天看一夜水。”

小吕的心略为沉了一沉。他没有这种准备。今天一天的活不轻松，小吕身上有点累。收工之前，他就想过[3]：吃了晚饭，打一会百分，看两节《水浒》，洗一个脚，睡觉！他身上好像[4]已经尝到伸腰展腿地躺在床上的那股舒服劲。看一夜水，甭打算睡了！这倒还没有什么。主要的是，他没有看过水，他不知道看水是怎么个看法。一个人，黑夜里，万一要是渠塌了，水跑了，淹了庄稼，灌了房子，……那他可招架不了！一种沉重的，超过他的能力和体力的责任感压迫着他。

但是大老张说话的声音、语气，叫他不能拒绝。果园接连浇了三天三夜地了。各处的地都要浇，就这几天能够给果园使水，果园也非乘这几天抓紧了透透地浇一阵水不可，果子正在膨大，非常需要水。偏偏这一阵别的活又忙，葡萄绑条、山丁子喷药、西瓜除腻虫、倒栽疙瘩白、垅葱……全都挤在一起了。几个大工白日黑夜轮班倒，一天休息不了几小时，一个个眼睛红红的，全都熬得上了火。再派谁呢？派谁都不大合适。这样大老张才会想到小吕的头上来。小吕知道，[5] 大老张是想叫小吕在上头守守闸，看看水，他自己再坚持在果园浇一夜，这点地就差不多了。小吕是个小工，往小里说还是个孩子，一定不去，谁也不能说什么。[6] 过去也没有派过他干过这种活。但是小吕觉得不能这样。自己是果园的人，若是遇到紧张关头，自己总是逍遥自在，在一边作个没事人，心里也觉说不过去。[7] 看来也还 [8] 就是叫自己去比较合适。无论如何，小吕也是个男子汉，——你总不能叫两个女工黑夜里在野地里看水！大老张既然叫自己去，他说咱能行，咱就试巴试巴！而且，看水，这也挺新鲜，挺有意思！小吕就说：

“好吧！”

小吕把搁进去的铁锹又拿出来，大老张又嘱咐了他几句话，他扛上铁锹就走了。

吃了晚饭，小吕早早地就上了渠。

一来，小吕就去找大老张留下的两个志子。大老张告诉他，他给他在渠沿里面横插两根树枝，当作志子，一处在大闸进水处不远，一处在支渠拐弯处小石桥下。大老张说：

“你只要常常去看看这两根树枝。水只要不漫过志子，就不要紧，尽它浇好了！若是水把它漫下去了，就去搬闸，——拉起一块闸板，把水放掉一些，——水太大了怕渠要吃不住。若是水太小了，就放下两块闸板，让它憋一憋 [9]。没有什么，这几天水势都很平稳，不会有什么问题！”

小吕走近去，没怎么费事，就找到了。也很奇怪，这只是两根普普通通的细细的树枝，半掩半露在蒙翳披纷的杂草之间，并不特别引人注意，然而小吕用眼睛滤 [10] 过去，很快就发现了，而且肯定就是它，毫不怀疑。一看见了这两根树枝，小吕心里一喜，好像找到了一件失去的心爱的东西似的。有了这两个志子，他心里有了一点底。不然，他一定会一会儿觉得，水太大了吧；一会儿又觉得，水太小了吧，搞得心里七上八下，没有主意。

看看这两根插得很端正牢实的树枝，小吕从心里涌起一股对于大老张的感谢，觉得大老张真好，对他真体贴，——虽然小吕也知道大老张这样做，在他根本不算什么，一个组长，第一回叫一个没有经验的小工看水，可能都会这样。

小吕又到大闸上试了一下。看看水，看看闸，又看看逐渐稀少的来往行人，[11] 小吕暗暗地鼓了鼓劲，拿起抓钩（他还没有使唤过这种工具），走下闸下的石梁。拉了一次闸板，——用抓钩套住了闸板的铁环，拽了两下，活动了，使劲往上一提，起来了！行！又放了一次闸板，——两手平提着，觑准了两边的闸槽[12]，——觑准了！不然，水就把它冲跑了！一撒手，下去了！再用抓钩捣了两下，严丝合缝，挺好！第一回，[13] 这是[14] 在横跨在大渠上的窄窄的石梁子上，满眼是汤汤洄洄、浩浩荡荡的大水，充耳是訇鸣的水声，小吕心里不免有点怯，有点晃荡。他手上深切地感觉到水的雄浑、强大的力量，——水扑击着套在抓钩上的闸板，好像有人使劲踢它似的。但是小吕屏住了气，站稳了脚，把注意力完全集中在闸板上酒杯大的铁环和两个窄窄的闸槽上，还是相当顺利地做成了他要做的事。

小吕深信大工们拉闸、安闸，也就是这样的。许多事都得自己来亲自试一下才成，别人没法跟他[15] 说，也说不清楚。

行！他觉得自己能够胜任。水势即使猛涨起来，情况紧急，他大概还能应付。他觉得轻松了一点，[16] 刚才那一阵压着他的[17] 严重的感觉开始廓散。

小吕沿着渠岸巡视了一遍。走着走着，又有点紧张起来。渠沿有好几处渗水，沁得堤土湿了老大一片，黑黑的。有不少地方有蚯蚓和蝼蛄穿的小眼，汩汩地冒水。小吕觉得这不祥得很。[18] 越看越担心，越想越害怕，觉得险象丛生，到处都有倒塌的可能！他不知道怎么办，就选定了一处，用手电照着（天已经擦黑了，月亮刚上来），定定地守着它看，看看它有什么变化没有。看了半天，似乎没有什么变化，还是那样。他又换了几处，还是拿不准。这时恰好有一个晚归的工人老李远远地走过来，——小吕听得出他咳嗽的声音，他问[19]：

“小吕？你在干啥呢？——看水？”

小吕连忙拉住他：

“老李！这要紧不要紧？”

老李看了看：

“嗐！没关系！这水流了几天了，渠沉住气了，不碍事！你不要老是这样跑来跑去。一黑夜哩，老这么跑，不把你累死啦！找个地方坐下歇歇！隔一阵起来看看就行了！哎！”

小吕就像他正在看着的《水浒传》上的英雄一样，在心里暗道了一声[20]“惭愧”；同时[21]又念了一声“阿弥陀佛！”——小吕这一阵不知从哪里学了这么一句佛号，一来就是：[22]“阿弥陀佛！”

小吕并没有坐下歇歇，他还是沿着支渠来回蹓跶着，不过心里安详多了。他走在月光照泻[23]的渠岸上，走在斑驳[24]的树影里，风吹着，渠根的绿草幽幽地摇拂着。他脚下是一渠流水……他觉得看水很有味道。

半夜里，大概十二点来钟（根据开过去不久的上行客车判断），出了一点事。小石桥上面一截渠，从庄稼地里穿过，渠身高，地势低，春汇地的时候挖断过，填起来的地方土浮，叫水涮开了一个洞。小吕巡看到这里，用手电一照，已经涮得很深了，钻了水！小吕的心嗯嗵一声往下一掉。怎么办？这时候哪里都没法去找人……小吕留心看过大工们怎么堵洞，想了一想，就依法干起来。先用稻草填进去，（他早就背来好些稻草预备着了，背得太多了！）用铁锹立着，塞紧；然后从渠底敛起湿泥来，一锹一锹扔上去，——小吕深深感觉自己的胳臂太细，气力太小，一锹只能起那么一点泥，心里直着急。但是，还好，洞总算渐渐小了，终于填满了。他又仿照大工的样子，使铁锹拍实，抹平，好了！小吕这才觉得自己一身都是汗，两只[25]腿甚至有点发颤了。水是不往外钻了，看起来也满像那么一回事，——[26]然而，这牢靠么？

小吕守着它半天，一会拿手电照照，一会拿手电照照。好像是没有问题，得！小吕准备转到别处再看看。可是刚一转身，他就觉得新填的泥土像抹房的稀泥一样[27]哗啦一下在他的身后瘫溃了，口子重新涮开，扩大，不可收拾！赶紧又回来。拿手电一照：[28]没有！还是挺好的！

他走开了。

过了一会，又来看看，——-[29]没问题。

又过了一会，又来看看，——[30]挺好！

小吕的心塌了[31]下来。不但是[32]这个口子挺完好，而且，他相信，再有别处钻开，他也一样能够招呼，——虽然干起来不如大工那样从容利索。原来这并不是那样困难，这比想象的要简单得多。小吕有了信心，在黑暗中很有意味地点了点头，对自己颇为满意。

所谓看水，不外就是这样一些事。不知不觉地，半夜过去了。水一直流得很稳，不但没有涨，反倒落了一点，那两个志子都离开水面有一寸了。小吕觉得大局仿佛已定。他知道，过了十二点以后，一般就不会有什么大水下来，这一夜可以平安度过。现在他一点都不觉得紧张了，觉得很轻松，很愉快。

现在，真可以休息休息[33]了，他开始感觉有点疲倦了。他爬上小石桥头的一棵四杈糖槭树上，半躺半坐下来。他一来时就选定了这个地方。这棵树，在不到一人高的地方岔出了四个枝杈，坐上去，正好又有靠背，又可以舒舒服服地伸开腿脚。而且坐在树上就能看得见那一根志子。月亮照在水上，水光晃晃荡荡，水面上隐隐有一根黑影。用手电一射，就更加看得清清楚楚。

今天月亮真好，——快要月半了。（幸好赶上个大月亮的好天，若是阴雨天，黑月头，看起水来，就麻烦多了！）天上真干净，透明透明、蔚蓝蔚蓝的，一点渣滓都没有，像一块大水晶。小吕还很少看到过这样渊深[34]、宁静而又无比温柔的夜空。说不出什么道理，天就是这样，老是这样，什么东西都没有，就是一片蓝，[35]可是天上似乎隐隐地有一股什么磁力吸着你的眼睛，[36]你的眼睛觉得很舒服，很受用，你愿意一直对着它看下去，看下去。真好看，真美，美得叫你的心感动起来。小吕看着看着，心里总像要想起一点什么很远很远的，叫人快乐的事情。他想了几件，似乎都不是他要想的，他就在心里轻轻地唱：

哎——

月亮出来亮汪汪，亮汪汪，

照见我的阿哥在他乡……

这好像有点文不对题。但是说不出为什么，这一支[37]产生在几千里外的高山里的有点伤感的歌子，倒是他所需要的。这和眼前情景在某些地方似乎相通，能够宣泄他心里的快乐。

四周围安静极了。远远听见大闸的水响，好像很远很远，有一群人一齐在喊："啊——"。支渠里的水温静地，生气勃勃地流着[38]，"活——活——活——"。风吹着庄稼的宽大的叶片，沙拉，沙拉。远远有一点灯火，在密密的丛林后面闪耀，那是他父亲工作的医院。母亲和妹妹现在一定都睡了。他那些同屋的工人一定也都睡了。[39]（小吕想了想现在宿舍里的样子，大家都睡得很熟，月亮照着他自己的那张空床……）一村子里的人现在都睡了（隐隐地好像听见鼾声）。露水下来了（他想起刚才堵口子时脚下所踩的草），到处都是一片滋润的，浓郁的青草的[40]气味，庄稼的气味，夜气真凉爽。小吕在心里想："我在看水……"过了一会，不知为什么，又在心里想道："真好！"而且说出声来了。

小吕在树上坐了一阵，想要下来走走。他想起该到石桥底下一段渠上看看。这一段二里半长的渠，春天才挑[41]过，渠岸又很结实，没有什么问题。但是渠水要穿过兽医学校后墙的涵洞，洞口有一个铁箅子[42]，可能会挂住一些顺水冲下来的枯枝乱草，叫水流得不畅快。小吕翻身跳下来，扛起插在树下的铁锨，向桥下走去。

下了石桥，渠水两边都是玉米地。玉米已经高过他的头了，那么大一片，叶子那么密，黑森森的，[43] 小吕忽然被浓重的阴影包围起来，身上有点紧张[44]。但是，一会儿，就好了。[45]

小吕一边走着，一边顺着渠水看过去。他看见[46] 小鱼秧子抢着往水上窜[47]；看见泥鳅翻跟斗；看见渠岸[48] 上一个小圆洞里有一个知了爬出来，脊背上闪着金绿色的光，翅膀还没有伸展，还是湿的，[49] 软的，乳白色的。看见虾蟆叫。虾蟆叫原来是这样的！下颏底下鼓起一个白色的气泡，气泡一息：——“咶！”鼓一鼓，——“咶”鼓一鼓，——“咶！”这家伙，那么专心致意地在叫[50]，好像天塌下来也挡不住它似的。小吕索性[51] 蹲下来，用手电直照着它，端详它老半天。赫嗨，全不理会！这一片地里，多少虾蟆，都是这么叫着？小吕想想它们那种认真的、滑稽的样子，不禁失笑。——那是什么？是蛇？（小吕有点怕蛇）渠面上，月光下，一道弯弯的水纹[52]，前面昂着[53] 一个小脑袋。走近去，定睛看看，不是蛇，是耗子！这小东西，游到对岸，爬上来[54]，摇摇它的[55] 湿漉漉的，[56] 光光滑滑的小脑袋，跑了！……

小吕一路迤逦行来，已经到了涵洞前面。铁箅子上果然壅了一堆烂柴禾，——大工们都管这叫“渣积”，不少！小吕使铁锹推散，再一锹一锹地捞上来，好大一堆！渣积清理了，水好像流得快一些了，看得见涵洞口旋起小小的漩涡[57]。

没什么事了。小吕顺着玉米地里一条近便的田埂，走回小石桥。用手电照了照志子，水好像又落了一点。

小吕觉得，月光暗了。抬起头来看看。好快！它怎么一下子就跑到西边去了？什么时候跑过去的？而且，[58] 好像灯尽油干，快要熄了似的，变得很薄了，红红的，简直不亮了，好像它疲倦得不得了，在勉强支撑着。小吕知道，快了，它就要落下去了。现在大概是夜里三点钟，大老张告诉过[59] 他，这几天月亮都是这时候落。说着说着，月亮落了，好像是嗯噜一下子掉下去似的。立刻，眼前一片昏黑。

真黑！[60]这是一夜里最黑的时候。小吕一时什么也看不见了，过了一会，才勉强看得见一点模模糊糊的影子。小吕忽然[61]觉得自己也疲倦得不行，有点恶心，就靠着糖槭树坐下来，铁锨斜倚在树干上。他的头沉重起来，眼皮直往下搭拉。心里好像很明白，不要睡！不要睡！但是不由自主。他觉得自己直往一个深深的、黑黑的地方掉下去，就跟那月亮似的，拽都拽不住，他睡着了那么一小会。人有时是知道[62]自己怎么睡着了的。

忽然，他惊醒了！他觉得眼前有一道黑影子过去，他在昏糊[63]之中异常敏锐明确地断定：——狼！一挺身站起来，抄起铁锨，按开[64]手电一照（这一切也都做得非常迅速而准确）：已经走过去了，过了小石桥。（小吕想了想，[65]刚才从他面前走过时[66]，离他只有四五步[67]！）小吕听说过，遇见狼，[68]不能怕，不能跑，——越怕越糟；狼怕光，怕手电，怕手电一圈一圈的光，怕那些圈儿套它，狼性多疑。他想了想，就开着手电，尾随着它走，现在，看得更清楚了。狼像一只大狗，深深地低着脑袋（狗很少这样低着脑袋），搭拉着毛茸茸的挺长的尾巴（狗的尾巴也[69]不是这样）。奇怪，它不管身边的亮光，还是那样[70]慢吞吞地，不慌不忙地走[71]，既不像要回过头来，也不像要拔脚飞跑，就是这样不声不响地，低着头走，像一个心事重重，哀伤憔悴的人一样。——它知道身后有人么？[72]它在想些什么呢？小吕正在想：要不要追上去，揍它？它走过前面的路边小杨树丛子，拐了弯，叫杨树遮住了，手电的光照不着它了。[73]小吕忖了忖手里的铁锨：算了！那可实在是很危险！

小吕在石桥顶上站了一会，又回到糖槭树下。他很奇怪，他并不怎么怕。他很清醒，很理智。他到糖槭树[74]下，采取的是守势。小吕这才想起，他选择了这个地方休息，原来就是想到狼的。这个地方很保险：后面是渠水，狼不可能泅水过来[75]；他可以监视着前面的马路；万一不行，——上树！

小吕用手电频频向狼的去路照射。没有，狼没有回来。

无论如何，可不敢再睡觉了！小吕在糖槭树下来回地走着。走了一会，甚至还跑到刚才决开过、经他修复了的缺口那里看了看。——一边走，一边不停地用手电四处照射[76]。他相信狼是不会再回来了；再有别的狼，这也不大可能，但是究竟不能放心到底。

可是他越来越困。他并不怎么害怕。狼的形象没有给他十分可怕的印象。他不大因为[77]遇见狼而得意，也不因为没有追上去打它而失悔，他现在就是困，困压倒[78]一切。他的意识昏木起来，脑子的活动变得缓慢而淡薄了。他在竭力抵抗着沉重的、酸楚的、深入骨髓的困劲。他觉得身上很难受，而且，很冷。他迷迷糊糊地想：我要是会抽烟，这时候抽一枝[79]烟就好了！……

好容易，天模糊亮了。

更亮了。

亮了！远远近近，一片青苍苍的，灰白灰白的颜色，好像天和地也熬过[80]了一夜，还不大有精神似的。看得清房屋，看得清树，看得清庄稼了。小吕看看[81]他看过一夜的水，水发清了，小多了，还不到半渠，露出来一截淤泥的痕迹，流势很弱，好像也很疲倦。小吕知道，现在已经流的是“空渠水”，上游的拦河坝又封起了，不到一个小时，这渠里的水就会流完了的。——得再过几个钟头，才会又有新的水下来。果园的地大概浇完了，这点水该够用了吧？……一串铜铃声，有人了！一个早出的社员，赶着一头毛驴，驴背上驮着一个线口袋，里边鼓鼓囊囊，好像是[82]装的西葫芦。老大爷，您早哇！好了，这真正是白天了，不会再有狼，再有漫长的、难熬的黑夜了！小吕振作一点起来。——不过他还是很困，觉得心里发虚。

远远看见果园的两个女工，陈素花和恽美兰来了。她们这么早就出来了！小吕知道，她们是因为惦着他，特为来看他来了。小吕在心里很感激她们，但是他自己觉得那感激的劲头很不足，他困得连感激也感激不动了。

陈素花给他带来了两个闷得烂烂的、滚热的甜菜。小吕一边吃甜菜，一边告诉她们，他看见狼了。他说了遇狼的经过，狼的样子。他自己都有点奇怪，他说得很平淡，一点不像他平常说话那么活灵活现的。但是陈素花和恽美兰都很惊奇，很为他的平淡的叙述所感动。她们催他赶快去睡觉，说是大老张嘱咐的：叫小吕天一亮就去睡，大闸不用管了，会有人来接。

小吕喝了两碗稀饭，爬到床上，就睡着了。[83]

睡了两个钟头，醒了。他觉得浑身都很舒服，懒懒的。他只要翻一翻身，合上眼，会立刻就睡着的。但是他看了看墙上挂的[84]一个马蹄表，不睡了。起来，到井边用凉水洗洗脸，他向果园走去。——他到果园去干什么？

果园还是那样。小吕昨天下午还在果园的，但是不知道为什么，他好像有好久没有来了似的。似乎果园一夜之间有了一些什么重大的变化似的。什么变化呢？也难说。满园一片浓绿，绿得过了量，绿得迫人。静悄悄的。绿叶把什么都遮隔了，一眼看不出五步远。若不是远远听见有人说话，你会以为果园[85]一个人都没有。小吕听见大老张的声音，他知道，他正在西南拐角指挥几个人锄果树行子[86]。小吕想：他浇了一夜地，又熬了一夜了，还不休息，真辛苦。好了，今天把这点活赶完，明天大家就可以休息一天，[87]大老张说了：全体休息！过了这阵，就可以细水长流地干活了，一年就是这么几茬紧活[88]。小吕想：下午我就来上班。大粒白的枝叶在动，是陈素花和恽美兰领着几个参加劳动的学生在捆葡萄条。恽美兰看见小吕了，就叫：

"小吕！你来干什么？不睡觉！"[89]

小吕说："我来看看！"

"看什么？快回去睡！地都浇完了。"

小吕穿过葡萄丛，四边看看，[90]果园的地果然都浇了，到处都是湿湿的，一片清凉泽润、汪汪泱泱的水气直透他的脏腑。似乎葡萄的叶子都更水淋，更绿了，葡萄蔓子的[91]皮色也更深了。小吕挺一挺胸脯，深深地吸了两口气，舒服极了。小吕想：下回我就有经验了，可以单独地看水，顶一个大工来使了，果园就等于多了半个人。看水，没有什么。狼不狼的，问题也不大。许多事都不像想象起来那么可怕……

走过一棵老葡萄架下，小吕想坐一坐。一坐下，就想躺下。躺下来，看着头顶的浓密的，鲜嫩清新的，半透明的绿叶，[92]绿叶轻轻摇晃，变软，溶成一片，好像把小吕也溶到里面了。[93] 他眼皮一麻搭，不知不觉，睡着了。小吕头枕在一根暴出地面的老葡萄蔓上，满身绿影，睡得真沉，十四岁的正在发育的年轻的胸脯均匀地起伏着。葡萄，正在恣酣地，用力地从地里吸着水，经过皮层下的导管，一直输送到梢顶，输送到每一片伸张着的绿叶，和累累的，[94] 已经有指头顶大小 [95] 的淡绿色的果粒之中。——这时候，不论割破葡萄枝蔓的任何一处，都可以看出有清清的白水流出来，嗒嗒地往下滴……

一九六二年七月二十日改成

校记

1 本篇初刊于《北京文艺》1962 年第 10 期；初收于《羊舍的夜晚》，中国少年儿童出版社 1963 年 1 月第 1 版；又收于《汪曾祺短篇小说选》，北京出版社 1982 年 2 月第 1 版。

2 “铁锹”，初刊本、初版本、小说选本均作“铁锨”，应为“铁锹”，以下径改不记。

3 “过”，初刊本作“道”，初版本、小说选本作“过”，从二者改。

4 “像”，初版本同，小说选本作“象”，以下不记。

5 逗号，小说选本同，初版本作句号。

6 句号，初版本、小说选本作逗号。

7 句号，初版本、小说选本作逗号。

8 “也还”，初版本、小说选本作“也”。

9 “憋一憋”，初刊本作“别一别”，初版本、小说选本作“憋一憋”，从二者改。

10 “滤”，小说选本同，初版本作“觑”。

11 逗号，初版本、小说选本作句号。

12 “闸槽”，初刊本作“闸漕”，初版本、小说选本作“闸槽”，从二者改。

13 逗号，初版本、小说选本删去逗号。

14 “这是”，初版本、小说选本作“立足”。

15 “他”，初版本同，小说选本作“你”。

16 逗号，初版本、小说选本作句号。

17 “他的”，初版本同，小说选本作“他的胃的”。

18 句号，初版本同，小说选本作逗号。

19 “他问”，初刊本、初版本作“问”，小说选本作“他问”，从小说选本。

20 “一声”，初刊本、初版本“一声”后有冒号，小说选本删去冒号，从小说选本。

21 “同时”，初版本、小说选本删去“同时”。

22 冒号，初刊本于冒号后有破折号，初版本、小说选本删去破折号，从二者改。

23 “照泻”，初版本、小说选本作“照得着”。

24 “斑驳”，初刊本作“斑剥”，初版本、小说选本作“斑驳”，从二者改。

25 “只”，初版本、小说选本作“条”。

26 破折号，初版本、小说选本于“然而”前加破折号，从二者改。

27 “一样”，初版本、小说选本于“一样”后加逗号。

28 冒号，初版本、小说选本于冒号后加破折号。

29 破折号，初刊本为逗号，初版本、小说选本于逗号后加破折号，从二者改。

30 破折号，初刊本为逗号，初版本、小说选本于逗号后加破折号，从二者改。

31 “塌了”，初版本、小说选本作“踏实”。

32 “不但是”，初版本同，小说选本作“不但”。

33 “休息休息”，初版本、小说选本作“休息”。

34 “渊深”，初版本、小说选本作“深邃”。

35 逗号，初版本、小说选本作句号。

36 逗号，初版本、小说选本作句号。

37 “这一支”，初版本同，小说选本作“这支”。

38 “好像很远很远，有一群人一齐在喊：‘啊——’。支渠里的水温静地，生气勃勃地流着”，初版本作“好像很温静地，生气勃勃地流着”，小说选本作“支渠的水温静地，生气勃勃地流着”。

39 “他那些同屋的工人一定也都睡了”，此句为初版本、小说选本删去。

40 “青草的”，初版本、小说选本作“青草”。

41 “挑”，小说选本同，初版本作“排”。

42 “铁算子”， 初刊本、初版本、小说选本均作“铁箆子”，“箆”应为“算”，以下不记。

43 逗号，初版本、小说选本作句号。

44 “紧张”，初版本同，小说选本作“紧强”，误。

45 “一会，就好了”，初版本作“一会就好了”，小说选本作“一会儿就好了”。

46 “看见”，初版本、小说选本作“看”。

47 “往水上窜”，初刊本、初版本作“水往上窜”，小说选本作“往水上窜”，从小说选本。

48 “渠岸”，初版本、小说选本作“岸”。

49 逗号，初刊本作顿号，初版本、小说选本作逗号，从二者改。

50 “在叫”，初版本、小说选本作“叫”。

51 “索性”，初刊本作“索兴”，初版本、小说选本作“索性”，从二者改。

52 “水纹”，初刊本作“水汶”，初版本、小说选本作“水纹”，从二者改。

53 “昂着”，初版本、小说选本作“昂起”。

54 “来”，初版本、小说选本作“去”。

55 “它的”，初版本、小说选本作“它”。

56 逗号，初版本、小说选本作顿号。

57 “漩涡”，初版本、小说选本作“旋涡”，从初刊本。

58 逗号，初版本同，小说选本删去逗号。

59 “告诉过”，初版本、小说选本作“告诉”。

60 叹号，初版本、小说选本作逗号，从初刊本。

61 “忽然”，初刊本作“忽然也”，初版本、小说选本作“忽然”，从二者改。

62 “是知道”，初刊本作“不知道”，初版本、小说选本作“是知道”，从二者改。

63 “昏糊”，初版本、小说选本作“迷糊”。

64 “按开”，初版本、小说选本作“按亮”。

65 逗号，初刊本作叹号，初版本、小说选本作逗号，从二者改。

66 “走过时”，初版本、小说选本作“走过去”。

67 “离他只有四五步”，初版本、小说选本作“只有四五步”。

68 逗号，初版本、小说选本删去逗号。

69 “也”，小说选本同，初版本作“都”。

70 “那样”，初版本、小说选本作“那”。

71 “不慌不忙地走”，初版本、小说选本作“不慌不忙地”。

72 问号，初刊本作逗号，初版本、小说选本作问号，从二者改。

73 初版本、小说选本于“小吕”前加“赶上去，揍它？”。

74 “糖槭树”，初刊本作“槭树”，初版本、小说选本作“糖槭树”，从二者改。

75 “泅水过来”，初版本、小说选本作“泅过水来”。

76 “四处照射”，初版本、小说选本作“照射”。

77 “不大因为”，初版本、小说选本作“不因为”。

78 “压倒”，初版本、小说选本作“压倒了”。

79 “枝”，初版本、小说选本作“支”。

80 “也熬过”，小说选本同，初版本作“熬过”。

81 “看看”，初版本、小说选本作“看着”。

82 “好像是”，初版本、小说选本作“好像”。

83 “就睡着了”，初版本、小说选本与下文接排。

84 “看了看墙上挂的”，初版本、小说选本作“看了挂在墙上的”。

85 “果园”，初版本、小说选本作“果园里”。

86 “果树行子”，小说选本同，初版本作“果行子”，误。

87 逗号，初刊本作分号，初版本、小说选本作逗号，从二者改。

88 “一年就是这么几茬紧活”，初刊本作“一年就这么几槎紧活”，初版本、小说选本作“一年就是这么几茬紧活”，从二者改。

89 “小吕！你来干什么？……”初版本、小说选本与上文接排。

90 “四边看看”，初版本、小说选本作“四边看”。

91 “的”，初刊本作“和”，初版本、小说选本作“的”，从二者改。

92 逗号，初版本、小说选本作句号。

93 句号，初刊本作逗号，初版本、小说选本作句号，从二者改。

94 逗号，初版本、小说选本作顿号。

95 “大小”，初版本、小说选本作“大”。

整理、汇校说明

李建新

1958年夏秋之际，在中国民间文艺研究会《民间文学》杂志工作的汪曾祺被“补划”为右派，年底下放张家口沙岭子农业科学研究所劳动。他在张家口待了将近四年，“初干农活，当然很累。起猪圈、刨冻粪这样的重活，真够一呛。我这才知道‘劳动是沉重的负担’这句话的意义。但还是咬着牙挺过来了。我当时想：只要我下一步不倒下来，死掉，我就得拼命地干。大部分的农活我都干过，力气也增长了，能够扛170斤重的一麻袋粮食稳稳地走上和地面成45度角那样陡的高跳。后来相对固定在果园上班”（汪曾祺：《随遇而安》）。25年后，汪曾祺重回张家口为文学青年讲课，回忆道：“张家口在我的写作生涯中，比较起作用，我的那本集子除了四篇是解放前写的，解放后写的十二篇中有七篇以张家口为背景，过了半数。五九年我写过一些小说，后来搞戏了，重新拿起笔写小说，还是从张家口开始的。……如果不是戴帽子下放劳动，就不会和群众这样接近。我们住在一个大炕上，虱子可以自由自在地从最西边的人身上爬到最东边的人身上。这一点也不夸张。这样可以真正了解群众，了解生活。”（汪曾祺：《生活·思想·技巧》）

1960年8月，汪曾祺交了一份思想总结之后，党组织决定为他摘帽，结束劳动改造。因原单位无接收之意，汪曾祺只好暂留沙岭子农业科学研究所协助工作。此后所做的工作，包括在所里布置“超声波展览馆”，绘制《口蘑图谱》《中国马铃薯图谱》，等等。1961 年 11 月 25 日，写成短篇小说《羊舍一夕（又名：四个孩子和一个夜晚）》，此篇与后来写就的短篇小说《看水》《王全》，被视为汪曾祺第二次文学起步的标志性作品。

《羊舍一夕》完成后，曾呈给沈从文和时任《人民文学》编辑的张兆和看。1962 年第 6 期《人民文学》以显著地位发表了这篇小说。黄永玉应邀做了两幅插图，为小说人物小吕、老九的木刻肖像。1963 年 1 月，中国少年儿童出版社出版了短篇小说集《羊舍的夜晚》，包含《羊舍的夜晚》（编者担心小读者不明白“一夕”的意思，篇名有修改）、《看水》、《王全》三篇作品。黄永玉为此单行本设计封面，作木刻插图 5 幅。1980 年代初，汪曾祺以《受戒》《异秉》等复出，声名大噪，后来北京出版社计划出版一套“北京文学创作丛书”，有人提出应该有汪曾祺一本，林斤澜帮忙联络，“连忙找到这位一说，不想竟不感兴趣，不生欢喜。只好晓以大义，才默默计算计算，答称不够选一本的。再告诉这套丛书将陆续出书，可以排到后头，一边抓紧点再写几篇。也还是沉吟着；写什么呀，有什么好写的呀……这么个反应，当时未见第二人”。作品数量凑不够一本书，应该也是实情。所以后来出版的《汪曾祺短篇小说选》收了写于 1940 年代的《复仇》等 4 篇小说，也收了《羊舍一夕》等 3 篇。

仅以小说《羊舍一夕》而言，《人民文学》杂志发表的初刊本、《羊舍的夜晚》一书所收的初版本、《汪曾祺短篇小说选》所收的修改本，都有或多或少的文字差异。但发表文本与手稿本的差异，无疑是最大的。《羊舍一夕》手稿为毛笔书写，20 × 20 稿纸，共 57 面，总字数约 21,000 字，初刊本约 16,700 字，初版本约 17,000 字。从手稿的编辑痕迹看，有些删改属于技术处理，有些则是为了“政治正确”。比较典型的如手稿的第 25 页后半页，第 26、27 页两整页的删除，近 1,000 字。这部分内容主要叙述留孩的家河南——洋河以南以往的贫苦生活，“过去多灾荒，多土匪。人们常常出外逃荒，讨吃”。手稿上有编者的两句批注，颇有趣，第 25 页上是“考虑了很久，还是想删，如何？”第 26 页是“索性全删，如何？”可见确是反复思量，不得已才做出的决定。从整篇小说来看，删去的这部分内容和后文留孩对丁贵甲、小吕他们讲的鬼故事有呼应关系。对照手稿，才明白为何发表文本后文略显突兀。本书中所附手稿释文，尽可能逐字逐句再现作者的定稿，对《人民文学》杂志编者删改的部分做了恢复。

如汪朗先生在本书序言中所述，通行的小说《寂寞和温暖》发表于《北京文学》1981 年第 2 期，是第六稿。汪曾祺之前写的几稿，家人觉得没有大苦大悲，与流行的这类作品题材不一样，于是作者先后改了多次。本书同时收入《寂寞和温暖》第三稿手稿，并根据手稿整理了排印文字，也是这一文本第一次公开面世。

作为附录的《羊舍一夕》《看水》《王全》三篇小说的汇校，均以初刊本为底本，参校收入《羊舍的夜晚》《汪曾祺短篇小说选》两书的文本，可以较为细致地看到历次修改的细节。这三篇小说中的作者原注，依然做页下注，以 * 为序号；校记则集中排于每一篇文后。

至少在 10 年以前，偶然在新浪微博得见陈晓维兄晒出的两页《羊舍一夕》手稿，一直期待有机会看到全貌，辗转联系，始终无果。2021 年，张万文兄聊起，他和晓维兄很熟悉，正打算把这份手稿做个影印本。对于这样的巧合，我总愿意相信是“愿力所致”，很积极地出主意，做文本的整理、汇校。记得当年 9 月万文、晓维兄我们曾和汪朗老师在北平食府聊这件事，转眼三年多过去了。念念不忘，今天终于有回响。

整理和汇校工作在仓促之间完成，一定还存在不少问题，请读者诸君指谬。